libretto

FLORIAN FERRIER

ÉTOILE ROUGE

libretto

ISBN : 978-2-36914-978-1

1.

C'est lorsqu'un livre est tombé tout seul de l'étagère que j'ai su que ma sœur était morte.

Pour être honnête, c'est plutôt lorsqu'un second livre est tombé, quelques secondes après le premier, que j'ai compris que quelque chose de grave s'était produit. Une main invisible les avait poussés l'un après l'autre pour attirer mon attention. C'est à ce moment-là que j'ai ressenti un vide intense. Peu avant cet événement, les rossignols avaient cessé de chanter. Les oiseaux avaient-ils annoncé la nouvelle avant les livres ? Est-ce seulement possible ? Je ne sais pas. Une chose est certaine, je me souviens avoir eu froid, comme en ce moment.

À plat ventre dans la neige, l'œil droit collé à la lunette de mon fusil Mosin-Nagant, j'observe la tranchée fasciste à moins de quatre cents mètres de notre position. La neige me sert de lit. J'y suis enfoncée presque entièrement. Un caillou vicieux taquine mes côtes, à droite, mais ma veste matelassée l'empêche de me meurtrir la peau. De toute façon, je ne souffre plus. Nos corps et nos esprits sont mis à rude épreuve. Après quatre mois sur le front, on perd beaucoup de ce qui faisait de nous des êtres sensibles, des êtres humains. Ici, il est important de ne pas penser au froid. Le froid fait trembler, et les tremblements sont l'ennemi du tireur d'élite. L'état-major prétend que les femmes supportent mieux le stress et le froid que les hommes. Tu parles d'une théorie. Il faut se protéger les mains, les doigts gèlent si vite, sans qu'on s'en aperçoive. J'ai des camarades à qui il a fallu les couper à ras. L'autre jour, il faisait si froid que j'ai vu des oiseaux tomber, comme des pierres, pétrifiés en plein vol. Le froid, c'est ça.

J'ai déniché un drap blanc qui me sert de cape, on n'a pas encore reçu nos tenues de camouflage. Il fait l'affaire. Emmitouflée dedans, j'observe les positions fascistes. La patience, c'est la clé. À côté de moi, Macha, mon binôme, scrute l'horizon en retenant son souffle. La vapeur pourrait indiquer notre position à un tireur d'en face. Je sens alors une légère odeur d'urine, c'est Macha qui se soulage dans sa combinaison. Elle ne restera pas longtemps mouillée car dans quelques secondes, ça aura gelé et son pantalon aura la rigidité du carton. Elle n'a pas d'autre choix que de faire dans son pantalon. Bouger c'est mourir. Trois heures qu'on est là toutes les deux à attendre le bon moment. Je vois enfin un casque émerger d'un monticule de neige au loin. Puis un type en parka blanche. Ces salauds de fascistes ont un équipement bien supérieur au nôtre... Ça ne les sauvera pas. Je cherche son grade pour savoir s'il s'agit d'un officier. Les officiers sont les premiers qu'on doit abattre. Le soldat se redresse, des bidons en fer-blanc dans chaque main, sort de la tranchée et court vers je ne sais quoi. Un point d'eau sans doute. Peu importe.

« Lenka, flingue ce salopard ou je m'en charge », me murmure Macha.

Je cesse de respirer, expire lentement et presse la détente. Le soldat s'écroule, touché à la tête. Macha et moi nous aplatissons aussitôt dans la neige. On attend un quart d'heure avant de relever la tête, très lentement. Là-bas, chez les Boches, on ne voit rien d'autre que des sommets de casques affleurer leur talus défensif. Grâce à nous, ils ne vivent désormais plus debout mais courbés. Soudain, des jumelles périscopes émergent du talus enneigé. Ces salauds cherchent à nous localiser. Le soldat étendu ne s'est toujours pas relevé. Inutile d'attendre pour savoir s'il est vraiment mort, on a vu toutes les deux l'impact au niveau de sa tempe qui a transpercé le casque. *Kaputt* ! Les autres attendront la nuit pour chercher le cadavre. Il est temps de rentrer se réchauffer avant de reprendre un affût.

Sans même faire crisser la neige, Macha et moi reculons en rampant jusqu'au bois de bouleaux derrière nous. C'est une belle journée ensoleillée, sans un nuage. La neige scintille.

J'ai dix-neuf ans et je suis institutrice. J'avais deux frères et une sœur aînée. Elle était la préférée de mes parents. Et pas seulement d'eux. Dans notre village perdu de la taïga, sur les rives de la Dvina, tout le monde l'aimait. Youliya, belle, intelligente, si dévouée à sa famille et la patrie. Nos deux frères sont morts dès le début de la guerre, en 41, quand les armées fascistes nous sont tombées dessus. Fiodor à Leningrad et Sergueï en Crimée. On a reçu le courrier de l'armée quelques jours plus tard. Ma sœur était déjà élève à l'école de pilotage. Elle est devenue pilote dans les fameuses compagnies uniquement composées de femmes, dont le 588ᵉ régiment de bombardiers. Les Sorcières de la nuit, comme les fascistes les surnomment désormais. Depuis le début de notre contre-offensive, elles harcèlent les positions allemandes, encore et encore. On dit que les fascistes les craignent plus que tout. Silencieuses, elles fondent sur eux en escadrille depuis les profondeurs de la nuit et larguent leurs bombes. Ma sœur était ainsi : courageuse, déterminée. Quand, quelques jours après que les livres furent tombés, le courrier de l'armée est arrivé à la maison, accompagné de la médaille de l'Ordre de la Gloire de deuxième classe, mes parents n'ont pas dit un mot. Ils en voulaient autant aux fascistes d'avoir abattu son avion qu'à moi d'avoir prédit le malheur. J'avais fait le voyage depuis Arkhangelsk pour leur parler de mon pressentiment. J'ignore encore pourquoi je l'ai fait. L'histoire nous apprend que les Cassandre ont un destin funèbre. La lettre disait que son avion n'était pas revenu de mission, qu'elle était portée disparue, elle et son copilote. Mon père est bûcheron et invalide de guerre, de l'autre guerre, et ma mère travaille au kolkhoze, elle est trayeuse de vaches. Ce sont des gens bons, simples, paisibles. Mais l'agresseur fasciste a déjà emporté deux de leurs enfants. Ils se sont accrochés au mince espoir que Youliya est encore en vie, perdue quelque part derrière les lignes ennemies, ou en détention. La haine s'est installée dans leur cœur, comme dans tous les cœurs soviétiques. Elle les consume. L'espoir est plus cruel que la guerre.

Je sais bien qu'il n'y a aucune chance de retrouver Youliya en vie. À quoi bon l'affirmer à voix haute ? Quel enfant voudrait accabler ses parents avec la vérité ? Je sais que Youliya est morte. Je l'ai senti aussi sûrement qu'on sent un coup de poignard. Mais on n'y peut rien si notre nature lutte sans cesse contre notre conscience. C'est sans doute pour ça que je garde sa photo dans la poche intérieure de ma vareuse. Exception faite de mon fusil, c'est la chose la plus précieuse que je possède. Elle ne me quitte jamais.

« On priera pour toi tous les jours », m'a dit maman quand je suis partie.

J'ai découvert à cette occasion que ma mère était pieuse, bien que je ne croie pas que ses prières auront la moindre influence sur l'avenir.

Sur le chemin du retour, on croise des soldats qui coupent du bois de chauffage, puis le bivouac des sentinelles. Il faut s'identifier avant de se faire canarder. Heureusement, ils connaissent nos silhouettes de fantômes. On remonte nos tranchées défensives vers l'arrière et notre abri. Les gars nous saluent, ils sont crasseux, les mains couvertes d'engelures. Devant leur baraquement, les blanchisseuses sont au travail. Elles lavent des montagnes de vêtements, ça sent mauvais, à cause du savon spécial « K » anti-poux. Elles en perdent leurs ongles.

Notre abri est un peu à l'écart du cantonnement des hommes. C'est un vaste et profond trou qu'on a creusé nous-mêmes, les huit filles de l'unité de tireuses d'élite. Les parois ne sont que de simples planches qui laissent passer des mottes de terre, le plafond est constitué de rondins recouverts de branches d'épicéa et de bouleau. On y tient à peine debout. Nos paillasses sont faites de joncs qu'on trouve en quantité dans ces zones marécageuses. La porte est une simple couverture suspendue à des clous. Au centre brûle un petit poêle, seule source de chaleur. On y cuisine ce qu'on trouve quand on a la flemme d'aller jusqu'à la roulante. Tania fait le thé, mais on manque de sucre.

Je m'assieds, le fusil en travers des cuisses, je me défais du drap de camouflage et je sors mon carnet de tir de ma vareuse matelassée.

« Bonne chasse, Krasnaïa ? » me demande Nina, le binôme de Tania.

Je hausse les épaules tout en y inscrivant mon seul tir de la journée. J'en ai tué vingt-huit depuis trois mois que je suis arrivée sur le front, c'est un bon palmarès. *Krasnaïa zvezda* est un de mes surnoms ici, ça veut dire Étoile rouge, en hommage au journal des forces armées du même nom qui m'a consacré un article. Tolstoï lui-même a publié dans ses pages, ce n'est pas rien. J'ai d'autres surnoms, comme la Mort invisible, ou la Faucheuse, ceux-là, paraît-il, sont ceux que me donne la presse fasciste. J'en suis fière, je les porte comme des médailles.

« Ils se méfient de nous, répond Macha aux autres. Ça devient difficile d'en dégommer un.

– Ces salauds commencent à nous connaître, renchérit Nina. Ils peuvent être prudents, on les aura quand même !

– Lenka l'a touché en pleine tempe et en pleine course ! Il n'avait aucune chance. »

Je n'écoute déjà plus. J'ai mes rituels. Ils me permettent de tenir, d'occuper mon esprit à des tâches simples. Un de ces rituels consiste à nettoyer mon fusil, chaque soir. Je ne manque jamais ce moment, quel que soit l'endroit ou la situation où je me trouve. Et durant toute l'opération, je chante. Je chante le chant des partisans.

Ô, mes brumes, mes profondes brumes !
Ô, mes forêts et mes champs chéris,
Les partisans s'en vont se battre,
Se battre contre l'ennemi.

Les filles m'écoutent en silence, fument et boivent leur thé.

Avec mes parents, on n'a pas souvent été d'accord. Je ne suis pas ce qu'on pourrait appeler une bonne fille. J'ai mon caractère. Il est impossible de me faire plier. Je ne sais pas de qui je tiens ça. À moins que ça vienne de moi, tout simplement. Ils n'étaient pas d'accord pour que je fasse des études, alors j'ai quitté notre village et j'ai marché près de deux cents kilomètres à travers la forêt jusqu'à la gare la plus proche, puis j'ai pris le train pour Arkhangelsk, la grande ville, un port sur la mer Blanche. D'où je viens, il n'y a rien que des fermes, des bois infinis et les berges sablonneuses d'un fleuve qui charrie des blocs de glace cinq mois de l'année et du bois de flottage le reste du temps. Là, je me suis inscrite au collège de formation des assistantes scolaires dont je suis sortie diplômée. J'adorais être au contact des enfants, leur lire des contes, les voir apprendre et grandir. Mais c'était avant. Je suis devenue une autre personne. C'est ce que fait la guerre. Elle change les hommes, et les femmes. À jamais. Partout en ville, il y avait placardé des affiches qui disaient : « Qu'as-tu fait pour le front ? » La radio lançait des appels au patriotisme.

J'ai abandonné mon emploi d'institutrice que je venais d'obtenir pour aller au bureau d'engagement. Qui voudrait garder un tel poste par les temps qui courent ? Si on ne fait rien, il n'y aura bientôt plus un enfant à instruire. Plus un seul. Les fascistes sont venus nous anéantir. Chaque Russe doit prendre les armes pour défendre sa patrie.

À Arkhangelsk, l'armée a réquisitionné un beau bâtiment en pierre qui ceinture une grande cour. On dirait une université, ou un musée. C'est du solide. C'est le nouveau bureau de recrutement. Devant l'entrée se dresse la statue de Lomonosov, qui semble regarder la Dvina s'écouler vers la mer. Le ciel est clair, légèrement voilé de blanc. Je m'avance alors vers un planton, engoncé dans sa veste molletonnée et sa chapka enfoncée au ras des yeux. En me voyant avancer vers lui, il redresse son fusil pour me barrer le passage.

« Où tu vas comme ça, frangine ? T'as quel âge ?

– Assez pour faire la guerre, camarade.
– C'est pas une réponse, ça, bordel. Tu te crois où ?
– À un bureau de recrutement, camarade. »

Sous sa chapka, il fronce les sourcils et plisse les paupières, cherchant à savoir si je suis sérieuse ou si je me fous de lui. Puis il sourit, dévoilant des dents jaunes.

« Reviens quand tu auras dix-huit ans. Allez, dégage !
– T'es sourd ? Je te dis que je veux m'engager. Je pense que c'est pas avec des types comme toi qu'on va la gagner cette guerre. »

Le factionnaire perd patience. Ça me fait rire à l'intérieur.

« Je suis adroite avec un fusil et j'ai dix-sept ans, c'est bien assez pour tuer des fascistes. »

On ergote encore un peu, pour la forme, puis il finit par me laisser passer. Il a compris que c'est le seul moyen de se débarrasser de moi.

En traversant la cour, je me fais siffler par une cohorte de fusiliers marins. L'officier qui me reçoit est aussi dubitatif que le planton. Il me fixe, assis derrière son bureau où il étale mes papiers en me jetant des : T'as quel âge ? Qu'est-ce qu'on va faire de toi ? Qu'est-ce que tu sais faire ? Je lui sors mon laïus sur le devoir à accomplir, sur la patrie à sauver, sur les fascistes à tuer.

Inspiré par mon discours, il tapote longuement son crayon sur son bloc-notes. Puis il signe et tamponne mon feuillet d'engagement.

Et me voilà partie pour une formation militaire sommaire. On apprend à creuser des tranchées, à marcher en rang, à tirer, à lancer des grenades. Mes aptitudes au fusil me valent d'être rapidement dirigée vers l'École centrale de tireuses d'élite.

« Eh, Lenka, tiens, mange, tu n'as encore rien avalé. »

Je relève la tête, quittant à regret ma rêverie. C'est Anna, notre chef de section, déléguée du Komsomol, qui me tend une gamelle fumante de porc en boîte accompagné de l'éternelle kacha, une bouillie de céréales qui constitue notre repas ordinaire. Je continue de chantonner, je replace la culasse de mon fusil et je la prends sans conviction.

« J'aime mieux ça. Il faut manger pour rester en forme. »

L'adjudant Anna Feodorovna n'aime pas que je chante, elle nous refuse ce besoin simple. « On chantera quand la guerre sera gagnée », dit-elle chaque fois. Et chaque jour, je chante. Anna est là pour encadrer les filles au front, pour renforcer notre moral, nous garder dans la ligne du parti. Elle se charge de notre éducation politique. Nous devons être prêtes à nous sacrifier pour la patrie et Staline. Elle est attentive au moindre de nos vagues à l'âme. Anna se détourne de moi pour fondre sur Lyudmila. Elle a pleuré aujourd'hui et les larmes ont gelé sur son visage. Ça lui passera. En attendant, l'adjudant la sermonne comme une mère, on ne pleure pas au front, ça ne sert à rien. Pleurer fatigue les corps et assèche le moral. Les gars, encore, ça va, ils tolèrent le chagrin, ils comprennent. Les officiers et les responsables politiques, en revanche, ça les fout hors d'eux. Ils ne savent pas comment réagir face à une femme qui pleure. On se fait engueuler, traiter de tous les noms, les larmes, ça les déstabilise. Pourtant, pleurer est naturel, surtout ici. Qui n'a pas envie de pleurer devant le spectacle de notre pays ravagé ?

Lyudmila s'excuse, promet qu'elle ne recommencera pas. C'est pour ça que j'ai arrêté de pleurer. Je n'aime pas m'excuser.

Je touille mon repas chaud sans appétit. C'est du porc américain en conserve, avec du lard et de l'oignon en poudre. Nos rations viennent d'Amérique, comme nos camions, nos avions, nos vareuses, nos bottes, et même la couverture suspendue à l'entrée de l'abri. Il faut bien reconnaître que sans cette aide, on ne serait pas capables de poursuivre la moindre offensive, ou même de tenir nos positions.

Anna Feodorovna nous quitte, prétextant une convocation au bureau du chef de bataillon. En fait, elle a rendez-vous avec son officier d'artillerie. Elle pense qu'on n'est pas au courant, nous, la meilleure unité de tireuses d'élite du troisième front biélorusse. Nous, les meilleures tueuses d'Allemands du monde. D'autres filles cherchent des relations avec des garçons, pas moi. Nous, dans la section, on s'est fait la promesse de reporter l'amour à la fin de la guerre. Il faut du temps pour aimer, éprouver du désir. Bien sûr, c'est plus difficile de tenir sa promesse quand on est entourée de tant de garçons. Lina, par exemple, c'est une jolie blonde bien faite qui est tombée amoureuse d'un sergent, un petit râblé avec une belle tête carrée. Je me demande comment elle arrive à penser à l'amour et au sexe dans ces conditions. Chaque fois qu'elle le peut, elle court le rejoindre, en pleine nuit. Elle doit esquiver les sentinelles car elle n'a pas l'autorisation de circuler. Au front, dès que les officiers ont vent d'une amourette, ils mutent un des deux coupables dans une autre unité. Radical mais efficace.

Dès qu'Anna Feodorovna est sortie, Macha grogne :

« Putain de merde, tu crois qu'elle va nous lâcher un peu ? »

Je souris. Macha est mon second binôme depuis que je suis arrivée au front. Les tireuses d'élite doivent toujours sortir par deux. La première est morte, tuée par un tireur embusqué. Macha le sait mais n'en parle jamais. Il ne sert à rien d'évoquer les morts. Macha jure tout le temps, c'est sa façon de tromper la peur, de se sentir pleinement vivante. Sa petite taille la range dans la catégorie des crayons. Dès l'école de tir, c'est ainsi qu'on désigne les petits modèles. Nous, les grandes, on nous appelle les reines. Macha, c'est une brune costaude, taillée pour la bagarre. Son gabarit lui aurait permis d'être tankiste. Elle est d'un tempérament doux et gai, elle rit d'un rien, et ça nous remonte le moral. Je l'aime bien. On s'attache alors que demain, peut-être, l'une de nous sera tuée. Toutes les huit dans notre abri, on se serre les coudes.

Épuisées, on s'endort toutes ensemble, serrées les unes contre les autres pour lutter contre le froid.

2.

Avec Macha, on crapahute dans la neige parfois des heures pour trouver une bonne position, observer les fascistes dans leurs tranchées. On avance lentement car il faut ramper ou progresser accroupie. Cette fois, on a des tenues de camouflage blanches, et des bandes de tissu enroulées autour du canon de nos fusils. À l'aube, comme chaque matin, les Allemands font tonner leur artillerie pendant cinq minutes. De vrais métronomes. Leurs tirs sont peu précis. C'est surtout pour nous rappeler qu'ils sont là et bien décidés à rester. Ils sont confortablement installés et ne donnent pas l'impression de vouloir partir. Quand le vent souffle dans notre direction, on les entend rire, je me demande ce qu'ils trouvent drôle.

Courbée, Macha marche à mes côtés, le fusil à la main. L'air se radoucit, la croûte de neige ramollit. Dans le sous-bois qu'on traverse en silence, il fait encore froid, les congères dessinent des reliefs doux et arrondis. Une légère brume enveloppe les bosquets nus. Un oiseau chante. Je suis presque heureuse, le retour du printemps annonce l'offensive prochaine. J'ai hâte de me battre pour de vrai, de monter à l'assaut avec l'infanterie.

« C'était comment pour toi à Podolsk ? me demande soudain Macha.

– Tu sais très bien comment c'était.

– Il paraît qu'ils t'ont proposé de rester comme instructrice après tes classes et que tu as refusé.

– C'est vrai.

– Moi, j'aurais accepté.

– Ce n'est pas en restant à l'arrière qu'on va tuer des Allemands. »

Je pointe la direction des tranchées d'en face pour me faire comprendre.

« La victoire est dans cette direction, pas de l'autre côté. »

Macha me dévisage de ses grands yeux noirs. Elle a encore beaucoup à apprendre. Personne n'est vraiment préparé au passage de l'école au front. Aussi dur que soit l'entraînement, on ne tire que sur des silhouettes en métal. Le compte des impacts reste un jeu, une abstraction. Il n'y a ni cris, ni sang, ni agonie. Et le soir, les filles rentrent toutes au vestiaire. Aucune n'est recouverte d'un drap mortuaire.

Macha connaît la rumeur, le colonel Kolchak m'a bien proposé de rester pour enseigner. Je lui ai répondu : « C'est au front que je veux aller, c'est là-bas que je serai vraiment utile, je le sens. »

J'ignore d'où provient cet élan qui me porte toujours en avant vers le danger. C'est plus fort que moi. Quand il se manifeste, mon cerveau s'arrête de fonctionner. Je ne pense plus qu'au combat. Et qu'importe si je suis tuée.

Avant le départ pour le centre de formation, on nous a coupé les cheveux. Celles qui portaient de belles nattes ont pleuré en les voyant par terre. Le plancher en était couvert.

C'était en juillet. Il faisait une chaleur suffocante, pleine de poussière. On nous avait distribué des uniformes trop grands, rien n'était à notre taille dans ce monde masculin. On flottait dedans, on avait l'allure d'épouvantails. Nos mains ne parvenaient pas à s'extraire des manches. Notre dégaine nous faisait beaucoup rire. On en avait encore l'occasion. Certaines ont bourré leurs bottes de papier journal, en plus des *portianki*, ces carrés de tissu à enrouler autour des pieds en guise de chaussettes. Je revois Katia, mon premier binôme, en train d'essayer de percer de nouveaux trous dans son ceinturon pour l'ajuster à sa taille de guêpe. On nous a confisqué nos bas, nos robes, tous nos effets personnels, qu'on a dû renvoyer à nos familles. Chacune a ficelé tristement son paquet, au revoir brosses à cheveux et culottes ! À la place, on a reçu des dessous masculins, des slips immenses. Tout ce qu'on nous donne est moche, mal coupé, inconfortable.

Notre peloton est assemblé sur le quai de la gare, trente filles en partance pour Podolsk, l'école de tir. Trois jours de train poussif qui brinquebale et lambine sur les voies. Nos instructrices font l'appel. À quelques mètres seulement de notre alignement, des centaines de corps sans vie jonchent le sol, recouverts de draps. On a beau s'empêcher de regarder, nos yeux finissent par revenir sur ce terrible spectacle, comme s'ils ne nous appartenaient plus. Enfin, on monte dans notre wagon, pas mécontentes d'en finir avec ce supplice. On s'installe, on chante, on rit, on discute jusqu'au bout de la nuit. Je ne suis pas la seule à bord à n'avoir jamais voyagé aussi loin.

Notre dortoir est équipé de châlits en bois de trois étages, trente filles par chambrée. Le mobilier est rustique et fonctionnel, une ampoule nue pend du plafond. La chose qui nous frappe, c'est qu'il n'y a aucune chaise. En revanche, on dispose d'un râtelier pour les armes.

Pour moi, le plus dur n'a pas été les cours théoriques, la balistique, ou la préparation physique. Non, je sais démonter et remonter mon fusil les yeux fermés, calculer la vitesse du vent et celle des cibles en mouvement. Je sais ramper, disparaître dans le paysage. Non, le plus abscons, c'est la vie militaire, sa discipline, apprendre les grades, le salut, marcher au pas, les chansons guerrières. C'est quelque chose qui refuse d'entrer dans nos caboches, que nos corps et nos esprits rejettent. On se faisait tout le temps engueuler. Et ça continue encore aujourd'hui. L'armée, c'est un monde d'hommes, avec son ensemble de règles qui, il faut bien le dire, nous paraît presque puéril, à nous les filles. Un monde où rien n'a été prévu pour nous.

Les instructeurs nous tiraient du lit à quatre heures trente, on n'avait que cinq minutes pour s'habiller. La plupart des filles arrivaient à l'appel les bottes à la main, le ceinturon autour du cou, cramponnées à leur pantalon trop large.

« Alignez-vous ! » gueulait l'adjudant.

La pointe des bottes sur une ligne, sauf que comme les bottes étaient trop grandes, ça ne faisait pas un bel alignement. Et nous, on riait, et ça mettait l'adjudant en rage. En vérité, on avait du mal à prendre au sérieux tout ce cirque militaire. À quoi peut bien servir d'aligner ses bottes pour tuer des Allemands ? Je n'ai jamais osé poser la question.

On termine notre approche en rampant sur les flancs d'un monticule et on s'installe au sommet, entre des buissons chétifs gelés, à la lisière du bois. On a une vue dégagée sur les positions fascistes, à environ quatre cents mètres. Je colle mon œil à ma lunette à la recherche d'un officier. Il commence à pleuvoir. La neige fond lentement autour de nous, les impacts des gouttes creusent de petits cratères dans la croûte blanche. Là-bas, une patrouille ennemie rejoint sa tranchée. Une autre se met en route et disparaît derrière un relief de terrain. À cette distance, c'est plus facile d'abattre un ennemi, on ne distingue à travers la lunette que sa silhouette, pas son visage. Une silhouette n'a pas de parents, pas d'enfants.

À tout moment, pendant notre période de formation, on pouvait renoncer, rentrer chez nous, abandonner, mais aucune ne l'a fait. On s'exprimait d'une seule voix, celle des filles. Chacune d'entre nous se souvient de la dernière épreuve, une marche de soixante-dix kilomètres à travers des champs et des bois, avec notre fusil et tout notre barda sur le dos. Et nos bottes bourrées de papier, et nos ampoules douloureuses, et nos orteils gelés. Personne n'a craqué, pas même la petite Sofia, une fille si fine, si frêle, avec des lèvres pâles. Elle ressemblait à une de ces danseuses du Bolchoï, un corps maigrichon terminé par un cou immense et une tête toujours en alerte, comme un oiseau. Elle est sur le front de la Baltique maintenant. Elle tue des fascistes, comme nous toutes.

Le jour du départ vers la gare et le front, on a croisé un peloton de filles en robes et manteaux, avec des nattes et des chaussures plates, leur valise à la main. On a souri. Kolchak nous a dit en guise d'adieu : « Mes filles, vous êtes très bien. Faites attention à vous ! »

On grimpe ensuite dans un wagon de marchandises équipé d'un petit poêle à bois au milieu. Nos couchettes sont de simples planches. C'est notre seul confort. On se caille sous nos capotes. Dehors, il neige. Par les ouvertures où se glissent parfois quelques flocons, on voit défiler le paysage, des conifères sombres, des champs infinis, tous recouverts de blanc. C'est notre pays.

Nous sommes arrivées sur le front à la mi-décembre. Un officier nous a alignées, un colonel moustachu à la mine désemparée. Il ne s'attendait pas à voir débarquer des filles, encore moins tout un peloton. Il en est devenu tout rouge.

« Qu'est-ce que c'est que ce corps de ballet ? » hurle-t-il à notre groupe.

Il arpente le quai en agitant les bras, nous, nos fusils à lunette à l'épaule, on ne moufte pas.

« C'est tout ce qu'ils ont trouvé à Moscou ? M'envoyer des adolescentes ? Vous resterez ici, à l'arrière, pas de filles en première ligne. »

Alors je crie :

« On est des tireuses d'élite, camarade, hors de question qu'on reste à l'arrière. »

Les autres approuvent. Il rumine un peu, cherche ses mots, puis abdique.

« Très bien ! si c'est ce que vous voulez ! Et n'allez pas vous faire tuer ! »

On se met en route dans le sillage d'un régiment de sapeurs qui va dans la même direction que nous. Les marches durent des heures, des jours jusqu'à ce qu'on atteigne la ligne de front. Il n'y a pas assez de camions pour transporter toute cette marée humaine. On est en hiver et on meurt de froid.

Les gars sont sympas avec nous, nous filent des clopes, un petit truc à grignoter. Et frangine par-ci, et frangine par-là. En chemin, on fraternise avec des cantinières et des blanchisseuses. Je suis la plus grande, je marche toujours devant en traînant mes godasses trop larges dans la bouillasse des chemins pleins d'ornières.

À notre arrivée, un autre colonel nous accueille, tout aussi gêné que celui de la gare. Il nous fait mettre en rang et nous dit :

« Au front, il y a des hommes tout autour, vous comprenez ?

Vous êtes ici pour faire la guerre et rien d'autre. Faites votre travail et tout ira bien. C'est compris ? »

Et toutes en chœur, on répond :

« Oui camarade ! »

Malgré son âge et son grade, il ne sait pas comment s'adresser à nous. J'imagine qu'il a des filles, et qu'on les lui rappelle. Ça semble l'intimider car il se balance d'un pied sur l'autre comme s'il marchait sur des clous. En chemin vers l'espace de neige qui nous est réservé, on croise quantité des regards éblouis, stupéfaits, goguenards, affamés aussi. Ces soldats n'ont pas vu de femmes depuis deux ans. Ils ne savent plus nous parler. Rares sont ceux qui ont encore le souvenir de ce que c'est qu'un flirt. Les combats leur ont ôté leurs illusions, et une part de leur humanité. Cette part en nous efface ses traces en douce, sans qu'on s'en aperçoive. Et un matin, on se réveille avec une pierre à la place du cœur.

Depuis, leur regard a changé, on a tué plus d'Allemands qu'eux, ils nous respectent pour ça. Et pour notre cœur de pierre. Pourtant, ils restent des hommes et on s'en méfie. Surtout les officiers.

Un léger bourdonnement nous fait lever les yeux. On entend distinctement le moteur d'un avion de reconnaissance. Ces salopards ne nous laissent jamais en paix. Macha et moi, on se fige, on se ratatine dans les flaques de neige fondue. Surtout, ne pas bouger. Il vire sur l'aile, à basse altitude, si bas que j'arrive à voir le visage du pilote. Il nous a vues.

« Il faut foutre le camp ! »

Macha peine à se relever, je l'empoigne par le col de sa vareuse et je tire de toutes mes forces. J'entends soudain un sifflement dans l'air. Mortier ! Les Fritz nous prennent pour cible.

Un premier obus tombe à quelques mètres de nous, creusant un trou dans la neige mouillée, retournant la terre. Il pleut des mottes sur nos têtes. Macha pousse un cri. Plus question de finasser, on court en ligne droite vers le bois. L'avion nous survole encore une fois, guide les tirs depuis les airs. C'est difficile de courir dans la neige, on trébuche, on s'essouffle vite. Je rase les troncs des épicéas, Macha imite mes moindres gestes. Soudain, on se retrouve au milieu de centaines de cadavres pétrifiés par le gel, recouverts de neige. Je reconnais les uniformes, ce sont des gars de chez nous, abandonnés après les combats de l'automne. Les larmes me montent aux yeux. Le sifflement des obus se rapproche. Je cours entre les morts, j'entends ma respiration s'emballer. Tous ces visages nous implorent, la bouche ouverte, les dents comme prêtes à mordre.

Les obus tombent autour de nous, soulevant en gerbes des corps, de la terre et de la glace mêlés. Des bras, des jambes dégringolent sur nous. Macha hurle. Je serre les dents pour ne pas l'imiter. L'effroi nous saisit d'un coup, sans prévenir. Macha trébuche et tombe. Mes jambes deviennent dures, raides, refusent d'avancer. Je me jette à plat ventre, mains sur la tête. Je suffoque. Macha et moi, on se change en glace comme les cadavres. On rampe entre les morts, chacune récite une prière, les lèvres tremblantes. Perdre un bras, une jambe, c'est affreux. Ou se vider de son sang, seule dans les bois comme un animal. Je ne veux pas de l'agonie d'une bête. Je ne veux pas finir la guerre infirme. Je ne veux pas que mon visage soit criblé de shrapnel. Finir défigurée est ma plus grande frayeur, celle de toutes les filles aussi. Les mutilations, c'est ce qui peut nous arriver de pire.

Mes doigts s'enfoncent dans la neige et dans la terre en dessous, tant pis pour la douleur. Je veux vivre. Puis la pluie d'obus cesse d'un coup. Macha relève la tête, on échange un regard incrédule. Un miracle ! C'est alors qu'on entend des voix derrière nous, qui résonnent en écho. Je tends l'oreille. C'est de l'allemand. Ils sont à notre poursuite !

Toutes les combattantes savent ce que leur font les fascistes lorsqu'ils les capturent. Ils les torturent avant de les pendre. Nous savons toutes qu'on ne doit pas être prises vivantes. Je fouille ma ceinture à la recherche de mes grenades. Rien. Je les ai perdues dans ma fuite. J'ai beau scruter la neige derrière nous, je ne les vois pas. En revanche, je vois des soldats sortir de la brume entre les arbres. Aussitôt, Macha et moi prenons position chacune derrière un cadavre. Ils nous serviront de protection. Je plante une cartouche dans la neige juste à côté de moi, ce sera celle que j'utiliserai en dernier recours pour me faire sauter la cervelle. À cinq mètres de moi, Macha est aussi prête à tirer, mais ses mains tremblent tellement qu'elle peine à faire jouer la culasse de son fusil.

« Calme-toi, arme et épaule.

– Putain j'essaye ! »

Je place mon œil droit devant la lunette et j'abats le premier Fritz qui montre son nez. Il tombe dans une gerbe de neige. Les autres s'abritent aussitôt et nous canardent. Je sais qu'ils sont trop nombreux pour qu'on les abatte tous, mais je vais essayer. Je relève la tête, une rafale de mitraillette me force à m'aplatir. Macha tire, un autre salopard s'écroule. J'en abats un second, Macha aussi. Ils ne lâchent pas prise pour autant. Ils nous lancent des grenades, mais ils sont encore trop loin pour nous atteindre.

« Ça ne va pas durer », dit Macha comme si elle lisait dans mes pensées.

Je vois des soldats nous contourner par la gauche, la droite, entre les arbres. On ne va pas s'en sortir. Nos tirs font mouche, mais c'est insuffisant. La tenaille va se refermer.

Des tirs résonnent alors dans notre dos. J'entends siffler les balles. C'est une patrouille de nos éclaireurs qui se jette dans la mêlée. Ils ouvrent le feu sur nos poursuivants, l'air siffle et crépite tout autour de nous. Les Allemands abandonnent et se replient. Je ramasse la balle que j'ai plantée dans la neige et la range dans ma poche. Elle ne servira pas aujourd'hui, pourtant, c'était moins une. Un sergent arrive à ma hauteur, me tend la main.

« Frangines, on vous ramène à la maison ! »

Macha reste assise dans la neige, la pluie redouble, froide et drue. Bientôt, les cadavres anciens réapparaîtront complètement. Il faut rentrer.

On a bu un verre avec eux, dans leur tranchée des avant-postes. Du schnaps piqué aux Allemands. Macha a encore les mains qui tremblent. Je me maîtrise pour ne pas en faire autant, ne pas montrer de faiblesse aux gars. On a tous besoin de garder un bon moral. Mon cœur bat comme un tambour dans ma poitrine, j'ai encore du mal à respirer. Il faut que je mange quelque chose, frôler la mort, ça creuse.

3.

La rumeur de notre exploit dans le bois se répand dans les rangs. Quand je rentre de la blanchisserie avec mes affaires, les gars me saluent. Le capitaine Solokine, commandant de notre régiment, m'a invitée à dîner. J'ai accepté alors que je me suis juré de ne jamais le faire. Je l'aime bien, il est plutôt gentil, pas brutal du tout, il a compris que les filles se foutent des marches au pas et qu'elles confondent les grades. Ça ne le dérange pas. C'est un bon chef. Quoi qu'il en soit, il est difficile de ne pas répondre à l'invitation d'un officier. Ils ont la rancune tenace et peuvent nous nuire durablement.

La pluie tombe depuis des jours avec une régularité obstinée. Le ciel recouvre le paysage d'un gris monotone, sans relief. Il n'y a pas de vent, pas un souffle, seulement cette pluie qui dégringole. La glace fond vite, de grandes flaques boueuses apparaissent entre les plaques de neige sale. On patauge dans les tranchées qui se remplissent. Il est difficile de garder une partie de son corps au sec. Tout se gorge d'eau, nos vêtements, nos bottes, nos abris, notre peau, tout. Cette grisaille me fout un cafard terrible. Mes brumes me manquent, ma taïga et mon fleuve immense aux berges claires qui va se jeter dans la mer, la maison de mes parents. Ma vie d'avant me manque. J'évite de laisser transparaître ma mélancolie, il ne manquerait plus qu'Anna Feodorovna la remarque et m'enguirlande avant de me dispenser ses conseils sortis tout droit de son manuel politique. Je ne suis pas un automate, je n'ai pas besoin qu'on me remonte avec une clé pour me remettre en marche. Je deviens experte en masques. Je dois cacher mes humeurs, les enfouir tout au fond de moi.

Dans l'abri, Macha se confectionne un soutien-gorge. Il n'y a pas ce genre d'article dans le paquetage militaire. Avec un peu de fil, une aiguille et des portianki découpés, on fait des miracles. Celles qui ont déjà effectué des travaux de coutures sont avantagées et le plus souvent elles aident les autres. Si on veut un peu de confort, on doit se débrouiller. La coquetterie, c'est ce qui a le plus de mal à disparaître. Les filles ne peuvent pas s'empêcher de retoucher leurs vêtements pour ne plus avoir l'allure d'un pantin, ne pas déclencher les rires. La coquetterie se niche partout, malgré les conditions peu propices à ce petit travers de notre vie d'avant. Sofia, par exemple, garde le peu de sucre qu'elle a pour raidir sa frange plutôt que de le mettre dans son thé. Un morceau de savon glané chez les blanchisseuses fait notre bonheur. Il arrive que des garçons nous offrent du parfum, même du rouge à lèvres. Je me demande toujours où ils dénichent ce genre d'article là où il n'y a que de la neige, de la kacha et des munitions.

Cette nuit, Marina a hurlé « Maman ! » dans son sommeil. Elle a des nuits agitées. Il vaudrait mieux qu'elle demande une mutation dans une unité moins exposée. Je ne donne pas cher de sa peau si elle monte en ligne épuisée et fébrile. Son moral flanche, et c'est le genre de chose qui se propage vite, surtout chez les plus jeunes d'entre nous. La peur, c'est contagieux. Elle s'insinue en nous jusque dans nos rêves. Les autres voient bien que quelque chose cloche chez elle, une sorte de fragilité qui la fera tuer au premier assaut. Dans l'abri, il n'y a que Macha, Yevgenia, Marina et moi. Yevgenia réconforte Marina en la bourrant de biscuits et de thé piqués au mess. La nourriture apaise, elle redonne du courage.

« À l'école, on mangeait bien et à notre faim : soupe, lard, saucisses, beurre, fromage, sucre et vrai thé ! Pas comme cette pisse d'âne… »

Yevgenia commence à coiffer les cheveux de Marina et continue son monologue. Elle a raison d'être inquiète car Marina est son binôme. Elle doit pouvoir remettre sa vie entre ses mains.

« Et c'était matin, midi et soir ! De vraies cuisines rutilantes. Je me souviens qu'on sentait l'odeur de la cantine bien avant de revenir du champ de tir. »

On rigole toutes les quatre à l'évocation de ce souvenir.

« Ce qu'on ne regrette pas, poursuit Macha, c'est cet enfoiré d'adjudant Ivanov. Il nous faisait ramper dans la boue et nous piétinait pour nous enfoncer dans le sol. Il disait qu'on remontait trop le cul et que c'est ça qu'on se ferait trouer en premier. Abruti.

– Il paraît qu'il a été tué deux jours seulement après son arrivée au front, dit Yevgenia. Et par une balle de chez nous.

– D'où tu tiens ça ?

– J'ai laissé traîner mes oreilles quand j'étais au bureau du chef de compagnie. Ça s'est passé sur le premier front de la Baltique, au nord de Vitebsk. »

On échange toutes un regard étonné, puis Macha dit :

« Une fille courageuse a dû lui régler son compte. En tout cas, si c'est vrai, ce fils de chienne n'emmerdera plus personne. »

Anna fait irruption dans l'abri, la mine chiffonnée, interrompant notre discussion. Yevgenia cache les gâteaux.

« Encore en train de jacasser ? De quoi vous parliez, toutes les quatre ? »

Je lève un sourcil dans sa direction :

« De rien.

– De saucisses », dit Macha en pouffant.

Puis on éclate de rire.

« Au lieu de glousser, mettez-vous en rang, vous allez aux douches ! J'ai réussi à vous négocier un créneau. Et pas un mot de plus ! Je veux voir des soldats marcher en cadence, pas un troupeau de fillettes en goguette ! »

On se met en rang sans se presser. Elle aussi, si elle ne change pas d'attitude, on finira par lui coller une balle dans la peau.

C'est très agréable de se dépouiller de ses vêtements avant de passer sous l'eau chaude. On prend notre temps, on savoure l'instant car, d'ordinaire, on doit casser la glace d'une flaque ou d'un ruisseau pour faire notre toilette. Quand j'étais enfant, l'eau chaude, c'était une fois par mois. Maman nous plongeait mes frères et moi dans un tonneau d'où s'échappaient des nuages de vapeur. Ma sœur était plus grande et avait le droit de se baigner seule. Nues toutes les quatre sous la surveillance d'Anna, on se glisse sous les douches. Trois minutes, ça passe trop vite pour s'encombrer de pudeur. Depuis que je suis au front, des filles nues, j'en ai déjà vu beaucoup. Dans la section, on peut même dire qu'on se connaît par cœur. Nues ou vêtues, pour nous, c'est pareil. Chacune en profite pour se laver les cheveux, les miens ont bien repoussé. Je les rassemble derrière la tête en un chignon que je retiens avec une balle de fusil.

C'est dans un uniforme propre que je toque à la baraque qui abrite les quartiers du capitaine Solokine. Je sens encore le savon. Le garde en faction me laisse entrer avec un sourire ironique. Je me retiens de le gifler. À ses yeux, je ne suis qu'une volaille qui va bientôt passer à la casserole.

Je retire mon calot et je salue Solokine au garde-à-vous.

Il se lève et sourit :

« Bonsoir Lenka Iegorovna. Laisse tomber le protocole, ce soir, je te dispense des usages militaires. Assieds-toi. »

Solokine porte un uniforme impeccable où brillent ses médailles. Les officiers ont le privilège d'avoir du sur-mesure. Il est rasé et sent l'eau de Cologne. C'est un bel homme, déjà grisonnant, grand et fort. Je ne peux m'empêcher de penser que s'il se jetait sur moi, je n'aurais pas la force suffisante pour le repousser. Il m'indique une chaise vide en face de lui. Sa cabane au confort spartiate est faite de planches et de rondins. Il n'y a qu'une seule pièce, avec une couchette, un bureau couvert de cartes, un petit poêle et une table où le dîner est servi. Le rideau est tiré sur l'unique fenêtre.

Je ne repère aucune photo de femme épinglée au mur. Solokine se rassied et me dévisage. Mon regard s'est sans doute posé trop longtemps sur le lit. Je m'en veux d'être aussi nerveuse et ça semble l'amuser. Une combattante aussi meurtrière ne devrait pas trembler devant une couchette. Mais toutes les filles savent que certains officiers peuvent être brutaux. Les rumeurs ne manquent pas. Ils abusent de leur position pour obtenir toutes sortes de faveurs. Les simples soldats nous courent moins après, ils préfèrent les filles qui restent à l'arrière. J'imagine qu'on leur fiche un peu la trouille, nous, les tueuses. Il y a toujours un fusil entre eux et nous. Des morts aussi.

« J'ai entendu parler de ton exploit d'aujourd'hui, dit Solokine en prenant place en face de moi. Tu as sauvé ton binôme et tu as abattu sept fascistes. Le colonel du régiment et moi-même t'adressons nos félicitations.

– Ce sont les éclaireurs qui nous ont sauvées. Sans ça… »

Solokine nous sert une soupe au lard fumante dans des assiettes creuses. Je me demande où il a bien pu les trouver. Il y a des couverts et de vrais verres au lieu de nos quarts au goût de ferraille.

« Tu es trop modeste, Lenka, on m'a rapporté que tes victimes ont toutes une balle logée exactement entre les deux yeux. C'est bien ta signature ? Tu es une tireuse exceptionnelle. Une combattante pleine de sang-froid.

– Merci capitaine, je ne mérite pas ces éloges. Ce n'était pas de la chasse mais un simple travail de fantassin, ça ne compte pas. Rien de plus facile que de faire mouche à moins de cent mètres.

– Lorsque nous sommes seuls, tu peux m'appeler Nikolaï. »

Je meurs de faim et pourtant j'essaye de ne pas me jeter sur la soupe. Solokine mange tout en m'observant. Il cherche à percer mes défenses, à interpréter mes moindres gestes.

« Je me suis permis de te proposer pour l'Ordre de la Gloire. Personne ne le mérite plus que toi. »

De nouveau, je me raidis. Quelle valeur peut bien avoir une médaille si son attribution n'est motivée que par l'envie de coucher avec moi ? Que valent les honneurs militaires si on les obtient la culotte sur les chevilles ? Il ne faut pas croire que je suis contre ce qui a trait à l'amour. J'ai eu un copain au lycée. Il s'appelait Andreï. Un assez beau garçon, enfin de mon point de vue. Je n'ai pas été plus loin qu'un baiser, mes mains dans les siennes. Personne ne m'a jamais touchée. Je me demande ce que Solokine peut bien me trouver. Il y a des filles bien plus jolies que moi sous ses ordres. Tania par exemple : avec sa silhouette gracile, sa taille fine et ses longues jambes, ses beaux cheveux noirs, ses petites dents bien droites, alignées comme des dominos, toutes identiques, ses yeux sombres, rieurs, toujours plissés.

Voilà une jolie fille. Moi, je suis grande et plutôt charpentée, avec de larges épaules, trop larges, des yeux très bleus et des pommettes hautes et saillantes. Je déteste mon menton, trop long, trop fort, qui me donne une tête de lutteuse. J'ai une démarche de tankiste, tellement peu féminine ! Et c'est moi qui me retrouve ici, devant un bon repas avec le commandant de la compagnie.

Mon regard me trahit une fois encore et s'égare sur le lit. Je peux mourir demain, agoniser dans d'atroces souffrances, finir aux mains des fascistes, ça, je peux l'imaginer, mais finir nue sur cette couchette m'est insupportable. Encore plus si c'est en échange d'un repas et d'une médaille. Je ne suis pas une prostituée. Ou un moulin, comme on dit en argot du front.

Je termine ma soupe en silence, essuie mes lèvres sur une serviette blanche. Tout ce luxe est censé m'impressionner. Je demande soudain à Solokine :

« Tu es marié ?

– À ton avis ? »

C'est typique des hommes de répondre par une question. Il pose son menton sur ses poings. Je m'en veux déjà de l'avoir tutoyé. Qu'est-ce qui m'a pris ?

« Je n'ai pas d'avis.

– La réponse est non. Je ne suis pas marié. »

Je commence à me sentir mal, je transpire, mes paumes deviennent moites. Pourquoi lui ai-je posé cette question ? Celles qui couchent avec des officiers, on les surnomme les épouses du front. Ça n'a rien d'un compliment. Pour les gradés, c'est un jeu, ils cherchent des filles faciles pour prendre du bon temps loin de leurs épouses légitimes. Dans notre section, presque aucune fille n'a jamais embrassé un garçon avant de s'engager, excepté Valentina qui a confié ses deux enfants à sa mère pour venir se battre. C'est une femme courageuse. Pour les autres, c'est une tentation permanente de céder, malgré les serments. L'espérance de vie est courte ici. Il faut saisir toutes les occasions de connaître ces choses-là avant de mourir.

Il pose alors sa main sur la mienne. Elle est chaude et réconfortante. Ses ongles sont rongés, c'est son seul défaut visible. Je tressaille, pétrifiée, sans être capable de me soustraire à ce contact physique qui se veut affectueux. Je pense aux mains de mon père, grandes et sèches, rassurantes. J'ai dû pâlir parce que le regard de Solokine s'arrondit d'un léger étonnement. Il ne peut pas savoir que la dernière main que j'ai tenue n'était pas celle d'un garçon. C'était celle de Katia, une fille de l'Oural, mon premier binôme.

Katia est morte le lendemain de notre arrivée sur le front. Imprudente, elle a sorti la tête de notre cachette pour regarder les lignes allemandes. Je n'ai pas eu le temps de la tirer en arrière. Une balle ennemie a perforé sa mâchoire pour ressortir à l'arrière de son crâne. Elle a battu des paupières, il y avait de la surprise dans son regard. De l'incrédulité aussi. Elle m'a simplement dit : « Alors c'est ça, je vais mourir ? Déjà ? » Je lui ai tenu la main durant sa courte agonie. Sa petite main que la chaleur abandonnait. Elle n'a pas pleuré, moi si, beaucoup. C'était quand je contenais encore des larmes. J'ai traîné Katia jusqu'à nos lignes, je ne voulais pas l'abandonner dans la steppe gelée, laisser les animaux la dévorer ou les fascistes mutiler et exhiber son cadavre. J'ai été félicitée pour cet acte de bravoure. Sur le moment, il m'a semblé ne pas avoir d'autre choix que de la ramener pour lui donner une sépulture digne de ce nom. Ceux que j'ai vus étendus dans les bois n'ont pas eu cette chance.

L'émotion me serre la gorge. Solokine s'en rend compte, il semble hésiter sur la marche à suivre. Les hommes sont souvent désarmés face au chagrin des femmes, ils ne le comprennent pas. Je pense aussitôt : reprends-toi vite ou il va profiter de cet instant de faiblesse pour te sauter dessus. Au lieu de ça, il retire sa main de la mienne et sert le plat de résistance, de la saucisse aux lentilles. Cette fois, je dévore aussitôt le contenu de mon assiette, ça m'occupe l'esprit.

« Tu as des projets pour après la guerre ? me demande Solokine.

– Je n'y ai pas réfléchi. Nous n'avons pas encore gagné, si je peux me permettre.

– Mais tu as bien des projets, des envies ?

– Quand tout sera fini, je pense reprendre mon emploi d'institutrice, retrouver les enfants. Leur lire des contes... Ils me manquent.

– Ah les enfants. Et toi, des enfants, tu en veux ?

– Dans mes rêves, je vois des morts qui se dressent tout autour de moi. Et quand j'ouvre les yeux, ils sont encore là. Il n'y a pas de place pour les enfants ou même pour leur ombre. Je n'ai pas cette sorte de distance avec les événements qui me permettrait de penser à l'avenir. L'avenir, c'est pour ceux qui s'imaginent en sortir vivants. Moi, tout ce que je veux, c'est me battre.

– Tu vas pouvoir bientôt le faire. L'offensive se prépare. On va leur tomber dessus. Stalingrad a scellé la défaite des Fritz, c'est seulement qu'ils ne le savent pas encore.

– Tant mieux. Parce que je veux me battre en première ligne, avec les gars de l'infanterie.

– C'est hors de question. La section des tireuses d'élite ne sera pas autorisée à participer à l'assaut. Elle restera en retrait et servira avec le corps des infirmières.

– On va ramasser les blessés ?

– Vous avez bien reçu une formation de premiers soins à l'école, non ?

– Oui, mais je suis venue pour me battre.

– C'est un ordre de l'état-major, Lenka. Ils ne veulent pas qu'on expose des cadavres de filles sur le champ de bataille. Ça ferait mauvais genre.

– Qui d'autre que moi peut abattre un homme à plus de six cents mètres ? Hein ? Cette section est l'une des meilleures de tout le front ! »

Ma voix tremble d'indignation. On veut nous épargner, nous, les filles, le sexe faible, puisque c'est bien de ça qu'il s'agit.

Solokine soupire. La soirée n'a pas tourné comme il l'espérait. Il n'a d'autre choix que de mettre fin à notre tête-à-tête.

« Remettons ce dîner à une autre fois, dit-il d'une voix blanche. Quand tu seras dans de meilleures dispositions. Ton acte héroïque dans les bois t'a épuisée. Va te reposer. Tu en as besoin. »

Que sait-il de mes besoins ? Moi qui brûle de combattre. Je me demande si cet ordre injuste ne cache pas quelque chose de plus trivial. J'ai l'impression que Solokine craint pour ma vie et préfère priver d'offensive toute la section pour me préserver. Ainsi, il aura tout le loisir de parfaire sa stratégie de séduction. Il me tient en son pouvoir. S'il souhaite vraiment me séduire, il s'y prend comme un imbécile.

Une fois dehors, le garde me dévisage d'un air déçu, sans doute de ne pas m'avoir entendue gémir ou implorer, ou les deux. Je n'ai visiblement pas eu le temps de passer dans le lit de son patron. Une cigarette à la main, j'attends qu'il me tende une allumette. Je me suis mise à fumer depuis peu, ça fait passer le temps et ça calme les nerfs. Je m'éloigne la tête haute.

Des gars bivouaquent autour d'un feu. Lorsque je passe à leur hauteur, l'un d'eux me reconnaît :

« Bravo frangine ! joli carton dans les bois ! Mort aux fascistes ! »

Je les salue et je rentre à la « maison », c'est le nom que j'ai donné à notre abri.

Les filles dorment déjà, sauf Elena, qui écrit à ses parents à la lueur d'une bougie. Pour ma part, je ne leur ai pas encore écrit. Pour être plus précise, je n'ai écrit à personne. À quoi bon donner des nouvelles ? Je n'en vois pas l'intérêt, je n'en éprouve pas non plus le besoin. Qu'est-ce que je pourrais bien leur dire ? Bonjour maman, bonjour papa, ici tout va bien, des camarades meurent chaque jour, je tue beaucoup d'Allemands et je compte en tuer autant que je pourrais. Es-tu fière de moi ? Quelle fille irait écrire ça à sa mère ? Je ne crois pas que mes parents ont envie de savoir ce qui se passe ici.

De toute la section, excepté Anna l'emmerdeuse, c'est Elena que j'apprécie le moins. Elle a des lèvres charnues, toujours entrouverte sur ses incisives brillantes, comme si sa bouche comptait plus de dents que celles des autres. Son air de belle assurance, très vulgaire, m'insupporte. Elle aime les garçons, ils la regardent avec appétit. Elle est dans son élément au milieu d'eux. Une vraie dresseuse de fauves. Je ne devrais pas avoir de telles pensées, je le sais, c'est moche de mépriser ses camarades. J'ai peu d'amies ici, c'est sans doute dû à mon statut de meilleure tireuse. On m'envie plus qu'on ne me respecte, on se colle à moi pour avoir l'opportunité d'être sur la photo. Et surtout Elena. Même parmi ces milliers de camarades, je me sens seule.

Elena souffle sa bougie et s'allonge. On n'entend plus que les respirations calmes de la section. Je tire une cape de pluie sur les épaules de Macha et je m'allonge à mon tour. Je tourne et me retourne sans parvenir à trouver le sommeil et pourtant, Solokine a raison, je suis épuisée. Avant, je dormais bien. Des nuits sans cauchemars. Je pouvais m'assoupir à la sortie des cours, à la bibliothèque, sur un banc ou au pied d'un arbre, je pouvais m'endormir partout. Maintenant, chaque nuit les morts me hantent. Ils claquent des dents, de leurs dents trop grandes sur leurs lèvres sèches et distendues.

Je pense souvent au fait que je suis devenue une meurtrière, et ça ne me fait rien. Je m'enfonce tout au fond de moi, de mon cœur, de mon âme, et n'y trouve pas le moindre remords. Pas une émotion. Quand je dois tirer, jamais ma main ne tremble. Malgré la fraîcheur de la nuit, j'étouffe dans l'abri. Il faut que je sorte.

Là, dehors, assise sur un monticule de neige mouillée, j'observe le ciel noir. Je serre contre moi la photo de ma sœur en me demandant : qu'est-ce qu'elle aurait fait à ma place ? Elle aurait embrassé cet officier ? Joué le jeu du flirt ? Je ne crois pas, ou plutôt ça m'arrange de croire qu'elle ne l'aurait pas fait. Après tout, je ne sais rien de son comportement sur le front, ni même de ses désirs les plus profonds. Je m'aperçois qu'on ne se connaissait pas très bien. Ce qui me reste d'elle tient davantage du mystère que de la complicité. En revanche, ce dont je suis certaine, c'est qu'ici on est entre assassins, il faut garder ça à l'esprit avant de batifoler. Et puis, tomber enceinte, c'est la démobilisation assurée, et je préfère mourir que de reculer.

Je me lève pour rejoindre la tranchée des avant-postes avec les soldats de garde. On fume, on discute. Ils admirent mon fusil dont je ne me sépare jamais. Ils rient en me racontant que lorsqu'ils nous ont vues le premier jour, on tenait nos fusils serrés contre nos poitrines, comme des bébés. Au loin, les Allemands profitent de l'obscurité pour renforcer leurs positions. On entend l'écho de leurs pelles sur les pierres. Par intermittence, des fusées éclairantes jettent une lueur crue sur l'espace vide qui sépare les deux camps. Une mitrailleuse crépite quelques instants, tire au hasard. L'une des nôtres répond : tac tac tac, nous sommes toujours là.

4.

Il pleut sans arrêt depuis des semaines, on patauge dans la gadoue. Il ne reste de la neige que quelques plaques grises à l'ombre des bouleaux qui étendent leurs petites branches griffues pareilles à des pattes d'oiseaux. On s'englue dans la boue, les routes sont des fleuves, la plaine s'est changée en lac d'où émergent des mottes visqueuses et noires. La section a creusé une tranchée autour de l'abri pour empêcher que l'eau ne s'y déverse. La terre, notre terre, ne peut plus rien absorber. Dans les boyaux des premières lignes, là où on se poste pour observer les Allemands à la lunette sous nos capes de pluie, on a de l'eau jusqu'à mi-mollet. Dans ces conditions, impossible de rester propre. Tout est humide, l'odeur de vase et de moisi sature l'air, la boue s'insinue jusque dans nos sous-vêtements. J'ai la peau flasque et ridée, et les cheveux qui bouclent. Je ressemble à une vieille poupée chiffonnée. Même à l'intérieur, le linge étendu ne sèche pas. Les filles tuent le temps en jouant aux dominos. Je les épie en montant et démontant mon fusil. Malgré ce temps affreux, on a tenté de prendre une position ennemie, sans succès. Ils sont bien accrochés dans leurs trous et se moquent du gaspillage humain. Tout ça me fait chavirer dans une mélancolie maussade. Je ne parle plus. Je crois que ça fait presque un mois. La nostalgie de ma taïga me saisit tout entière, me serre la gorge. Et quand ce sentiment d'abandon me submerge, je m'éloigne souvent seule, même si c'est interdit, car je ne peux pas me permettre de pleurer devant les autres. Je suis un exemple pour toutes les filles du régiment, je n'ai pas le droit de flancher. C'est exténuant d'osciller entre l'impatience et le désespoir. J'attends, toujours j'attends, je remonte la pente, je parviens même à rire, pour aussitôt m'enfoncer plus profondément encore dans la noirceur de mes états d'âme. Je découvre sur le front que la mélancolie est un puits sans fond. Si l'offensive tarde encore, je vais me noyer.

J'ai reçu l'Ordre de la Gloire de troisième classe pour mon fait d'armes dans les bois, je porte fièrement ma médaille épinglée sur ma vareuse. J'ai déjà tué plus de cinquante Allemands, dont sept tireurs d'élite, seuls les trente-deux abattus par des tirs à distance homologués figurent sur mon carnet. Je me fous de ce qui figure dedans. La seule chose qui compte, c'est d'en tuer le plus possible.

L'autre nuit, trois officiers ivres morts ont fait irruption dans notre abri, ils étaient venus baiser, selon leurs propres mots. On s'est battus. Marina et Valentina ont un œil au beurre noir, il a fallu l'intervention d'Anna Feodorovna et de renforts de la police militaire pour faire cesser la bagarre. Le plus gradé de ces salopards, un lieutenant-colonel dénommé Pozdniakov, s'est justifié en prétendant qu'on était toutes des putes et des salopes, envoyées au front seulement pour les distraire. Celui-là aussi on le couche sur la liste des ordures à descendre d'une balle dans le dos. Cet événement a fichu un coup au moral de la section. On croyait naïvement que l'ennemi se trouvait dans la tranchée d'en face. Voilà qu'il est aussi dans nos propres rangs. Anna tente de redonner du courage aux filles avec ses discours politiques sur le dévouement et la patrie, surtout à Marina qui s'est remise à pleurer depuis cette nuit-là. La seule chose qui compte pour nous, c'est de savoir s'il y aura des sanctions ou si cette sale histoire sera enterrée.

Le soir, avant de filer aux avant-postes, je lis aux filles des contes, tirés d'un livre que Solokine m'a prêté. C'est une bonne idée de nous distraire avec des histoires de fées et de chevaliers, de rois de mondes imaginaires, elles nous arrachent à notre quotidien. Dans mes courts sommeils, j'ai rêvé que j'endossais une armure étincelante pour aller combattre. Il faut croire qu'il reste dans mon cœur une part d'enfance.

Ce matin, Anna entre dans l'abri et m'interpelle :

« Lenka, on va au service de la propagande, un journaliste veut te parler. »

Alors qu'on traverse le camp, Anna reste à ma hauteur pour délivrer ses derniers conseils.

« N'oublie pas ce que je t'ai appris : tu t'en tiens aux faits, à ton habileté à tuer des Allemands. Et évite de dire des conneries, compris ? Désormais, tu n'es plus une gamine mais une combattante de l'Union soviétique. Un ange de la mort. Tu dois donner du courage à ceux qui en manquent. Et pas un mot sur l'incident avec les officiers.

Je rumine ma colère. Un incident ? Tu parles d'un incident, ce n'était rien d'autre qu'une tentative de viol. Les officiers se serrent les coudes, l'armée n'a pas envie d'étaler ses scandales scabreux. Elle dissimule la vérité sous le voile de son autorité. J'aimerais tant qu'ici, au front, les mots gardent leur sens, malgré le fait que celui de la vie elle-même y est totalement bouleversé.

Anna me précède dans le baraquement du service de la propagande. Il y règne une agitation qui éveille mon intérêt. Un type maigre à lunettes, en manteau gris, un carnet de notes à la main, se précipite vers moi. Enfin quelqu'un qui me rappelle mes études. Il a un regard bleu très pâle, quasi transparent, des cheveux noirs ébouriffés. Il me tend la main avec chaleur et enthousiasme.

« Ilya Stanovov, rédacteur pour le journal *Anéantissons l'ennemi*. Ravi de faire ta connaissance, sergent Chlakova. »

Je remarque sa belle main soignée glissée dans la mienne, sale, les ongles noirs et cassés, encore couverte des stigmates de l'hiver. J'ai honte de me présenter comme ça devant lui. Je rougis. Il l'a remarqué mais s'abstient de tout commentaire. En plus d'être sympathique, il semble avoir de l'éducation.

« Viens t'asseoir, je t'en prie, mets-toi à l'aise, nous avons à parler toi et moi. »

Il pivote pour s'adresser à Anna :

« Ce sera tout, sous-lieutenant, je vous ferai chercher quand nous en aurons terminé. »

Je connais suffisamment Anna pour savoir que c'est à son corps défendant qu'elle me laisse seule avec Stanovov. Non pas qu'elle craigne qu'il m'arrive malheur, car tout autour de nous les membres de la section de la presse rédigent des communiqués, impriment des tracts, mais son rôle en tant qu'officier politique est de surveiller ses filles. Tout ce que nous disons, faisons, bien ou mal, rejaillit sur elle. Stanovov allume une cigarette et reporte son attention sur moi. Je m'installe sur la chaise de l'autre côté de son petit bureau. Excepté chez Solokine, je n'ai pas eu l'occasion de voir une chaise depuis six mois. C'est idiot mais j'ai peur de ne plus savoir m'asseoir correctement.

« Maintenant que le dragon est parti, commençons, veux-tu ? »

Je me contente d'esquisser un sourire. Je ne veux pas rire de son trait d'humour. On ne sait jamais.

« Nous savons presque tout de toi, où tu es née, où tu vivais avant la guerre, les études que tu as suivies. Je me suis même procuré ton dossier militaire, tes résultats de l'école de tir. On a Vassili Zaïtsev, notre berger de l'Oural, héros de Stalingrad, Lioudmila Pavlitchenko, qui a été honorée d'un voyage aux États-Unis d'Amérique pour y porter la parole du grand Staline, et désormais, il faut te compter parmi les plus brillantes tireuses d'élite de l'Union soviétique. Ta renommée est remontée jusqu'à Moscou. Le patron lui-même suit tes exploits. Lenka Iegorovna Chlakova, la terreur invisible. Dis-moi ton sentiment sur tout ça.

– D'abord, je suis fière de porter les couleurs de ma patrie. Mais pour moi, la gloire n'a aucune valeur à titre individuel. Je combats au sein d'une section de filles courageuses. C'est ce qui compte aujourd'hui. »

À peine sa cigarette éteinte, il en rallume une autre.

« Tu as raison, les filles ont un comportement exemplaire sur le front. Et tout particulièrement ici, en Biélorussie. C'est sans aucun doute parce qu'elles ont un exemple à suivre, quelqu'un qui les rend fières de ce qu'elles sont. Je veux que tu me racontes tes exploits récents, tu peux faire ça pour moi ? »

Je lui raconte comment j'ai obtenu ma médaille, la lutte dans les bois à deux contre tout un détachement allemand. Je lui explique ma signature, une balle dans la tempe ou entre les yeux, quelle que soit la distance. Il note tout dans son carnet de sa petite écriture énergique, m'interrompt, demande telle ou telle précision, raye un mot puis me demande de poursuivre. Lorsque j'en ai terminé, il reste songeur, mordillant son crayon.

« C'est une très bonne histoire, je vais en tirer un bel

article. Courageuse, tenace, vaillante, brillante même, c'est ainsi que tes officiers commandants parlent de toi. Ils sont élogieux. Je comprends mieux pourquoi. C'est vrai que tu es courageuse, ça saute aux yeux, je pense aussi que tu es une fille authentique, franche et déterminée. Je vais écrire ça.

– Je ne crois pas mériter tous ces éloges, j'ai fait si peu sur le front à ce jour. Je ne suis qu'une fille de la taïga, simple et paisible, comme beaucoup d'autres. J'ai le sens du devoir et du dévouement. On devrait tous en faire autant.

– Qu'est-ce que tu désires à titre personnel ? Quels sont tes rêves ?

– Je n'en ai qu'un, celui de voir enfin la victoire totale de notre grand pays. Vous pouvez l'écrire. Pas d'oubli, pas de pardon. Ils payeront pour ce qu'ils ont fait. Je tuerai autant de fascistes que nécessaire pour ouvrir une route jusqu'à Berlin.

– Lenka Chlakova, je te salue, tu es un exemple pour tes camarades, et au-delà, pour nos forces armées tout entières. J'espère que tu auras bientôt d'autres histoires aussi trépidantes à me raconter ! »

Il nous sert deux verres d'eau-de-vie.

« Je bois à la victoire, camarade ! *Za vashé zdorovie !* »

Nous trinquons, puis il hèle un photographe avant de se lever. Il me désigne la sortie.

« On a besoin de quelques clichés pour agrémenter l'article, ça ne te dérange pas ? »

J'ai vu la photo lorsque l'article est paru quelques jours plus tard. Il s'intitule : « *Suivez l'exemple de Lenka Chlakova ! Une balle, un fasciste !* » Anna l'a même épinglé sur les parois de notre cahute. J'y suis affreuse, le bas de mon visage semble plus large que ma tête, toujours mon foutu menton disgracieux, mes dents écartées me font un sourire d'ogresse de conte qui effraye les enfants. J'ai terriblement vieilli en quelques mois. Pourvu que maman ne me voie pas comme ça ! laide à faire peur, avec cet ersatz de sourire que j'ai façonné et que je sers à la demande. C'est peut-être moi, l'affreux visage de la guerre.

Les filles m'ont félicitée, même Solokine m'a trouvée séduisante, il me l'a confié. Pourtant, je suis certaine que personne n'a envie d'embrasser la fille bourrue de cette photo. Qui croire ?

Les jours s'écoulent sans qu'on tente une nouvelle attaque. J'ai revu Solokine, qui passe beaucoup de temps depuis un mois à l'état-major de notre groupe d'armée. Il m'a rapporté qu'à l'arrière, d'immenses trains apportent chaque jour du matériel pour l'offensive à venir. Des centaines de tanks, des canons de tous calibres, des bombardiers que l'on cache dans les bois et sous des bâches camouflées pour tromper les renseignements allemands. La grande offensive tant attendue se prépare, ça ne fait plus aucun doute. L'attente me met les nerfs à fleur de peau. Je suis terriblement irascible. Mon mauvais caractère prend le dessus. Dans ces moments-là, je sais que je ne suis pas une bonne camarade. Je préfère m'éloigner pour remâcher seule ma rage impatiente.

5.

Je veux me battre, ça me torture, ce sentiment puissant qui m'anime. Je ne dors pas, je veux me battre encore et encore. Et si je n'ai plus de balles, je me servirai de mon poignard et si je n'ai plus de poignard, je me servirai de ma pelle, de mes ongles, de mes dents. Je suis prête à y laisser la vie s'il le faut. Elle ne représente rien face à la grandeur de notre tâche. Quand est-ce qu'on va enfin avancer ? L'attente est d'un ennui mortel. Si rien ne se passe, je vais devenir folle.

Je quitte l'abri en silence, emportant mon fusil. Je file dans la nuit vers les avant-postes. Les soldats ont l'habitude de me voir surgir dans le noir. On discute de nos familles, de nos amis, de nos maisons, qu'on a laissés derrière nous.

Il est environ trois heures du matin quand des milliers de roquettes, nos Katioucha, traversent le ciel vers les positions fascistes. Je me bouche les oreilles tant leur sifflement est aigu. Elles laissent dans leur sillage de longues traces lumineuses et une forte odeur de poudre. L'enfer ouvre ses portes. Puis notre artillerie se met à tonner si fort que ma poitrine s'enfonce sous la puissance de l'onde de choc. Ça y est. Enfin, on va se battre.

Tapis en grappes dans les premières tranchées, on attend le passage des tanks pour nous glisser dans leur sillage. Ils ont été équipés de gros rouleaux d'acier à l'avant pour faire exploser les mines et nous permettre de foncer sans crainte à travers la prairie. Le sol tremble sous nos bottes. Il fait encore nuit.

À quelques dizaines de mètres derrière nous patiente la multitude inquiète de fantassins qui se lancera à l'assaut aux coups de sifflet des officiers. Il y a là des gars de toute l'Union soviétique, de l'Oural à la Sibérie, Ouzbeks, Tatares, Ossètes, des grands, des petits, des honnêtes et des tricheurs, vagabonds ou paysans, étudiants ou analphabètes, des bornés, des chanceux, des amoureux et des salauds, des morts en sursis, tous unis dans la grande guerre de reconquête, la grande guerre patriotique, la seule qui vaille. C'est cette marée immobile et silencieuse, sur qui pèse la gravité de l'instant suspendu, qui bientôt s'ébranlera.

Enfin, après trois heures d'intenses bombardements, nos canons se taisent. Les tanks surgissent, faisant cliqueter les chenilles dans des vapeurs de gasoil. Le jour se lève, les étoiles pâlissent entre les nuages qui se déchirent. Le soleil sera dans notre dos.

Solokine apparaît à mes côtés, pistolet brandi vers le ciel, sifflet à la bouche, à la tête de son unité de fusiliers. Il a l'air furieux de me voir ici, au milieu des fantassins.

« Lenka, qu'est-ce que tu fais là ? Recule !

– Pas question ! C'est en avant que je vais, pas en arrière.

– Tu veux te faire tuer ? C'est ça que tu veux ?

– Ce n'est pas le moment de discuter, capitaine, je monte à l'assaut avec vous !

– Va à l'arrière ! Immédiatement !

– J'irai quand la bataille sera terminée. »

Il me crie encore quelque chose, mais je n'entends plus sa voix. Des obus allemands passent au-dessus de nous et explosent tout autour. Des coups de sifflet retentissent, tous les soldats se ruent alors en grappes vers l'ennemi en hurlant. C'est terrifiant et exaltant à la fois. Je sors de la tranchée et je cours moi aussi en avant. Je ne sais pas où je vais, je sais seulement que j'y vais. Droit devant. Solokine tente de me retenir par le bras, je me dégage d'un coup d'épaule. Je fonce. Le sol tremble sous les impacts de l'artillerie fasciste. Des soldats trébuchent, perdent l'équilibre. La marée humaine se jette sur la plaine couverte de cratères et de fumée. Je dépasse un tank en flammes. Des cadavres brûlent tout autour. Le métal se tord et fond. L'air vibre. Je sens son souffle agiter mes cheveux. C'est sans doute à ça que ressemble l'apocalypse. Je cours, j'ai la gorge en feu, j'entends mon cœur qui martèle, mes pieds qui frappent le sol, tout le reste n'est plus qu'un lointain magma. Un soldat tombe, je l'enjambe, une explosion me jette au sol. Mes oreilles bourdonnent. J'étouffe. J'avale autant de terre que d'air, je crache, me remets debout. Je n'ai rien. Le sang qui macule ma vareuse n'est pas le mien. Je vois des drapeaux rouges dans la fumée, nos drapeaux. Soudain, sorti de la pagaille, un Allemand me fait face. Il semble aussi surpris que moi. Je tire et il s'écroule. Je n'entends que des cris, des râles, des hurlements, les balles vrombissent, ricochent. Un projectile frôle mon visage, je sens très nettement son souffle caresser ma joue. Si je meurs aujourd'hui, ce sera mon fusil à la main. Un autre fasciste fonce sur moi, mitraillette au poing. Je lui fracasse la mâchoire avec la crosse de mon fusil avant qu'il n'ait le temps d'ouvrir le feu. Je poursuis ma route sans m'arrêter. D'autres arrivent, je m'agenouille, ajuste et tire, trois soldats tombent, stoppés net dans leur course.

Soudain, je vois certains de nos gars s'arrêter dans leur élan, puis rebrousser chemin. Ils fuient. Les officiers menacent de les abattre. J'agite les bras, Je dois ressembler à une folle, je hurle pour les arrêter : « En avant ! En avant ! » Je me rue vers les lignes ennemies, tirant au hasard. Voir une fille partir seule vers la mort, ça les arrête net. Après une courte hésitation, ils me suivent, la première vague repart à l'assaut, puis la seconde vague s'élance et plonge dans la mêlée parmi les blessés, les cadavres et les carcasses de tanks, happée par la fumée et le fracas du champ de bataille.

Les canons se taisent peu à peu. C'est l'après-midi, mais j'ignore l'heure qu'il est. Je suis fourbue et pourtant je ne me suis jamais sentie aussi bien. J'allume une cigarette, assise sur le rebord d'une tranchée ennemie. Les Allemands ont fui, débandés dans la plaine, poursuivis par nos tanks. Partout autour de moi, des fantassins épuisés se reposent. Les moins sonnés par la bataille fouillent les corps des fascistes, prélèvent leur butin, bagues, briquets, montres. Surtout les montres. C'est un trésor pour nous, les Soviétiques. Personne n'en possède ici. Même à l'armée, ils en distribuent une pour toute une compagnie alors que les Allemands en ont chacun une au poignet. Les autres sont immobiles, hagards, les mains tremblantes. Un caporal s'approche de moi et me lance une montre :

« Tiens frangine, tu l'as bien méritée celle-là ! »

Je l'attrape au vol et le remercie. Les aiguilles affichent cinq heures dix. Nous sommes le 22 juin 1944. Une date que je ne suis pas près d'oublier. Le soldat s'éloigne de quelques pas, puis se retourne :

« Viens avec nous, frangine, on va voir ce qui se cache là-dedans avant qu'un politrouk nous tombe dessus. »

Je me lève pour suivre le petit groupe d'éclaireurs qui s'engage dans les bunkers. Politrouk, c'est le surnom qu'on donne aux commissaires politiques. Toujours prêts à nous emmerder. On sait que c'est interdit de toucher à tout ce que les Allemands laissent derrière eux, on nous le répète assez. Mais on mérite bien une récompense pour cette victoire. Rapidement, on tombe sur des rations, du tabac, des tablettes de chocolat, du sucre, des biscuits, des bouillons cubes, du fromage en tube, des flocons d'avoine et même du cacao en poudre. Ils ont tout ça et nous on crève de faim. Les gars se gavent sur place, avalent tout ce qu'ils peuvent ingurgiter. Aucun ne sait quand il prendra son prochain repas. Le reste, ils le fourrent dans leur pantalon. On peut passer en cour martiale pour avoir touché à la nourriture fasciste, voire être fusillé sur place, ça fait réfléchir les plus endurcis. L'envie de s'emparer de trophées est plus forte que la menace des sanctions. Je prends un pistolet Walther P38, très utile en cas de corps à corps, que je glisse dans mon ceinturon. J'attrape une besace que je remplis d'objets, comme des miroirs de poche, des briquets, du chocolat et du sucre pour Macha. Je déniche aussi une pleine boîte de crème Nivea, un luxe suprême. Les filles vont sauter de joie.

On entend au-dessus de nous le bruit d'une jeep et des salves de hourras. Le chef d'état-major de notre division vient saluer ses troupes victorieuses. Nous avons chassé les Allemands et gagné dix kilomètres aujourd'hui. Enfin nous avançons. Mon souhait le plus cher est exaucé. On ne reculera plus. C'est exaltant de s'apercevoir qu'on est encore en vie. Uniquement quelques égratignures et des hématomes. Notre petit groupe d'explorateurs quitte le bunker et remonte à la surface.

Des infirmières trimballent les blessés sur des civières ou sur leur dos, des camions vont et viennent. Il y a beaucoup de corps étendus dans la prairie labourée par les obus. Le général Lioudnikov se tient debout à l'avant de sa jeep et harangue les troupes. Je suis trop loin pour entendre ce qu'il dit. Macha me rejoint et s'assied à côté de moi.

« Alors, comment c'était ?

– Excitant. À aucun moment je n'ai eu peur.

– T'es un peu dingue, tu sais ?

– Et toi, comment c'était de jouer les infirmières ?

– Putain de merde ne m'en parle pas. Certains hommes ont une aptitude incroyable à gueuler à la moindre égratignure. J'ai traîné un gars qui hurlait alors qu'il n'avait qu'une balle logée dans le gras du cul. Tu imagines ? Des foutus comédiens. Nous, on ne fait pas tant de chichis, je te le dis. Et toi ?

– Je suis intacte. Quelques bleus, rien qui mérite d'aller me faire plaindre au poste médical.

– Tu saignes du nez », remarque Macha.

Je m'essuie du revers de ma manche. Le sang, nous les filles, on sait ce que c'est. Pas de quoi s'émouvoir. Macha a tort de parler comme elle le fait des combattants, je reconnais des visages parmi les morts, des jeunes gars, des fantassins de l'âge de mes frères. Ils se sont battus avec courage.

« Il paraît que les Allemands se replient partout. La force de l'offensive les a paralysés. J'ai entendu des officiers dire qu'on se lançait à leur poursuite. On ne va pas les laisser souffler.

– Maintenant, c'est à eux d'avoir peur. »

Je souris et lui tends des carrés de chocolat. Il est allemand, mais, débarrassé de son emballage, il n'a plus de nationalité. Macha a déjà terminé son morceau que je n'ai pas encore eu le temps de croquer dans le mien. Elle mange comme elle parle, comme un chien.

Je lui donne la crème, les miroirs, les montres, et même un harmonica. Ça va améliorer le quotidien. Macha me saute au cou et m'embrasse. Aussitôt, les gars tout autour de nous se mettent à siffler.

« Vos gueules, abrutis ! leur crie Macha, hilare. Le spectacle est fini ! »

Elle s'en va tenant la besace pleine de trésors contre sa poitrine sous les rires des soldats. Ça fait du bien d'en entendre.

Je ramasse mes affaires quand Solokine m'aperçoit en sortant d'une position prise à l'ennemi. Il escalade le talus et me rejoint.

« Sacrée bagarre. Tu recevras une seconde médaille pour ce que tu as fait aujourd'hui, Lenka. Ou un blâme. J'hésite encore.

– C'est ta prérogative d'officier, camarade capitaine. »

Je lui souris. Je ne peux pas lui avouer à quel point je me sens vivre quand je combats. Tenter le sort, forcer la chance. C'est si exaltant. Ma témérité s'est libérée au cours de ce premier engagement. Elle a pris le contrôle de mon être tout entier. Une expérience grisante. La mort est passée tout près de moi et pourtant, je suis déjà impatiente de recommencer. Une vraie tête brûlée. Quel homme voudrait d'une fille pareille ?

« Ce que je sais, c'est que j'irai jusqu'à Berlin graver mon nom sur les murs du Reichstag. »

Solokine soupire et écrase le mégot de sa cigarette sur sa botte.

« Tu sais, Les Allemands avaient retiré leurs principales forces avant l'attaque. Ils reculent pour se rassembler sur des positions défensives plus solides. La victoire d'aujourd'hui était plutôt facile. Ce ne sera pas toujours comme ça.

– Dans ce cas, on les poursuivra jusque dans leurs maisons.

– Lenka, la prochaine fois que tu désobéis à l'ordre d'un supérieur, je te ferai mettre aux arrêts.

– Tu sais parler aux femmes, camarade.

– Si je dois en arriver là pour te faire entendre raison, je n'hésiterai pas une seconde. Et ne sois pas injuste avec moi, tu ne peux pas toujours n'en faire qu'à ta tête. Ici, c'est le front, c'est l'armée. Il y a un règlement. Il s'applique à tous, sans exception.

– Message reçu, capitaine.

– Je ne plaisante pas. Tu ne peux pas te conduire comme si tu étais seule. » Il marque une pause, puis ajoute : « C'est de toi que tu dois te méfier le plus, pas de moi. Ton foutu caractère va te conduire tout droit entre quatre planches. »

Je sais que rien ne pourra m'arrêter, mais je ne veux pas le lui dire. À quoi bon le décevoir ? Je vois bien qu'il tient à moi, qu'il se donne du mal pour me protéger, c'est même peut-être de l'amour. Dans d'autres circonstances, je pourrais aimer cet homme. Hélas, pour le moment, je ne le peux pas. C'est au-dessus de mes forces. Solokine fouille dans la poche de son pantalon et me tend une belle montre-bracelet en or.

« C'est pour toi. »

Dans un geste de provocation, je lui exhibe mon poignet où la montre qu'on m'a offerte plus tôt a trouvé sa place.

« Celle-ci est plus jolie, insiste Solokine, contrarié.

– Je ne suis pas à vendre, Nikolaï.

– Tu as une si piètre opinion de moi ?

– Je n'ai pas d'opinion, capitaine. »

Solokine me quitte pour rejoindre les officiers du bataillon. Je regrette la manière dont je lui ai parlé. J'ai été froide et méchante. J'essaye de me souvenir de mes jeunes années. Quel genre de fillette j'étais ? joyeuse ou mélancolique ? calme ou agitée ? polie ou effrontée ? Je ne parviens pas à trancher. Rien ne me paraît réel quand je me plonge dans mes souvenirs. Oui, je me revois arpenter la forêt avec mes frères, construire des cabanes, nous bagarrer avec les fils des fermiers des alentours. Je revois papa fendant le bois, assis sur une souche parce que sa blessure de guerre le fait trop souffrir, les tas de bûches plus hauts que nous qu'il fallait entreposer le long de la maison. J'étais une élève studieuse, acharnée même. J'allais seule à l'école, à pied, à travers bois. Je le revois clairement quand je ferme les yeux. Mais les premiers souvenirs sont plus confus. La plupart de ceux qu'on conserve de notre petite enfance sont ceux que les adultes racontent aux veillées, les mêmes histoires inlassablement répétées qui finissent par s'enraciner pour devenir nos propres souvenirs. Mais ce ne sont pas les nôtres. Leur version se substitue à notre propre mémoire à force de les entendre. La mémoire est félonne, c'est une certitude, elle repose sur du sable, du sable et des rêves.

Quelques soldats allemands passent devant moi, les mains sur la tête, encadrés par mes camarades hilares. *Davaï ! Davaï !* Les prisonniers reçoivent une pluie de gifles, coups de poing et coups de pied. Chacun cherche à les assommer. Les voilà les conquérants fascistes, la race supérieure. Ils trébuchent, supplient, j'en vois un pleurer. Ces salopards pleurent. Je n'en reviens pas. Ils me dévisagent à la dérobée, stupéfaits de voir une fille en tenue de combat, un fusil à la main. D'un seul coup, la colère me submerge. Alors qu'ils s'agenouillent, je me précipite vers eux en brandissant la photo de ma sœur. Je hurle à chacun : « Tu la connais ? Tu l'as vue ? Elle est où ? Répondez ! Putain de salopards ! » J'en frappe un à coups de crosse sous le regard médusé des gardiens. Soudain, un politrouk fonce vers moi, brandissant son pistolet.

« Toi, qu'est-ce que tu fous ? En arrière ! En arrière ! »

J'obéis à regret et laisse échapper la photo.

Il commence par engueuler les soldats qui gardent les prisonniers, puis se plante devant moi, rouge de colère. Il ramasse la photo à ses pieds et l'examine.

« Qu'est-ce que c'est ? Pourquoi tu montres une photo à ces prisonniers ?

– Je leur pose des questions.

– Tu n'as aucune autorisation pour interroger des prisonniers !

– Rendez-moi cette photo, camarade commissaire. »

Je tends la main vers lui, je la vois trembler légèrement. C'est la colère, ou la peur. Ou les deux. Le silence s'est fait autour de nous. Un silence absolu. Même les prisonniers la bouclent. On s'affronte du regard quelques instants. J'ignore ce qui me prend, mais puisque l'officier ne bouge pas, je lui arrache la photo des mains. Outragé, il pointe son pistolet sur moi, sur mon visage et hurle des insultes. Puis c'est la pagaille, tout le monde brandit son arme, il y a des cris, d'autres insultes, les prisonniers s'allongent en demandant pitié. Des soldats accourent, des officiers, tout le monde s'invective. Je reste immobile, le canon du pistolet collé à mon front. Je sens un liquide chaud couler le long de mes jambes. Je viens de pisser de trouille. Un gros colonel rougeaud écarte la troupe pour se frayer un passage jusqu'à moi. Il force le politrouk à baisser son arme et hurle :

« Qu'est-ce que c'est encore que cette connerie ? »

Je réplique aussitôt :

« Cette connerie, camarade colonel, a tué à elle seule cinquante-trois fascistes. »

Il ôte sa casquette et secoue sa grosse tête de paysan. Il souffle si fort par ses narines que sa moustache frémit.

« Le spectacle est terminé ! Vous autres, dégagez et emportez-moi ces prisonniers au QG du bataillon pour interrogatoire. »

Puis il se tourne vers l'officier politique et moi :

« Vous deux, venez avec moi, on va tirer cette affaire au clair. Exécution ! »

Je suis remise au NKVD qui m'emporte à bord d'un camion qui repart vers l'arrière. Je vais dormir en prison en attendant de passer en conseil de guerre. Rien de très encourageant. Les deux gardes qui m'encadrent ne prononcent pas un mot pendant les deux heures que dure le voyage. Je suis tellement secouée sur ces mauvais chemins que j'ai mal aux fesses en arrivant. Personne ne semble me comprendre. Je me sens seule.

On me conduit dans une baraque où on me jette dans une cellule. Je m'assieds, dos au mur de planches crasseuses. Je demande de l'eau, personne ne répond.

J'ai dû m'assoupir car Solokine me réveille en tapant avec la crosse de son pistolet sur les barreaux.

« Ils ont longuement discuté de ton cas, je ne te cache pas que ça a été houleux. Finalement, le commissaire politique accepte de passer l'éponge. Tu es célèbre et il ne veut pas risquer de contrarier sa hiérarchie. La Russie a grand besoin de héros en ce moment. Mais il a tenu à ce que ce soit noté dans ton dossier militaire. Insubordination, ce n'est pas rien.

– Bien, je l'ai mérité.

– Je ne savais pas pour ta sœur.

– Je n'aime pas en parler. Mais quand j'ai vu ces salauds de fascistes, j'ai perdu le contrôle. »

Il hésite à me dire quelque chose, mais se tait. Je devine ce qu'il n'ose pas me dire, toutes les filles du front le savent. Les Allemands ne font pas de prisonnières. Ils les torturent avant de les abattre. Ce qu'il essaye de me dire, c'est d'abandonner l'espoir qu'elle soit encore en vie.

« Qu'est-ce qui va se passer maintenant ?

– Je ne sais pas. Le colonel veut me voir. C'est lui qui décidera de ton sort. »

Solokine me laisse au fond de ma cellule. Le gardien s'approche alors et me tend une balle à travers les barreaux.

Il me demande de graver mon nom dessus. Il avoue n'avoir jamais eu de célébrité sous sa garde. Il me passe un clou et je m'exécute.

Solokine a raison. Je suis ma pire ennemie. Au moins, grâce à l'intervention d'un colonel dont je ne connais même pas le nom, je n'ai pas été abattue sur place. Je dois davantage me surveiller, apprendre à maîtriser mes émotions. Un jour, ma sœur a évoqué avec moi les conséquences de nos actes. Je ne sais plus à quel sujet d'ailleurs. C'est dommage. Sans doute une de ces méchancetés que je lançais, comme ça, sans y penser. Et me voilà aux arrêts. Si je n'ai pas été fusillée c'est peut-être grâce à la médaille que je porte épinglée sur ma poitrine. J'aurais dû écouter ma sœur quand elle était encore là. J'aurais dû profiter de sa présence, de ses conseils, de sa douce chaleur. Pourquoi j'ai arraché sa photo des mains du politrouk ? Je n'en sais rien. Peut-être que voir ses doigts sales sur le visage de Youliya m'était insupportable.

Cette nuit, j'ai dormi pour la première fois depuis des jours.

6.

Je suis libérée le lendemain matin peu avant l'aube. Solokine m'accompagne au bureau du colonel Koliakov, le chef de notre division. Il semble de mauvaise humeur et me regarde les sourcils froncés de colère contenue. La fumée de son petit déjeuner, un cigare, empeste l'air. Tout ici sent le tabac froid. Debout, on a la tête dans le brouillard. Koliakov referme un dossier qu'il jette dans un tiroir de son bureau. Par la fenêtre, je vois passer dans un flot continu des centaines de blindés et de fantassins. Les carreaux mal jointés vibrent sur leurs clous. Koliakov crache vers mon visage un épais nuage de fumée :

« Voici donc la fillette qui nous vaut tant d'ennuis.

– À vos ordres, camarade colonel. »

Mes talons claquent. Koliakov cherche à saisir le ton de ma voix, y traque une ombre d'ironie en plissant les paupières. Il pointe alors son cigare vers moi.

« Ici, on ne mène pas de guerre personnelle, rien n'est personnel ! On se bat pour la patrie, pour chasser les fascistes de notre terre, pour la victoire et pour Staline ! C'est ça l'essentiel, alors arrête de te comporter comme si c'était ta guerre, sois un soldat.

– Oui camarade colonel.

– Dans ma division, je n'ai pas besoin de chien fou, de franc-tireur. Et ne crois pas que ta récente célébrité pourra éternellement te servir de rempart. De bons tireurs, je n'en manque pas. C'est vrai que les articles sur tes exploits font forte impression à l'état-major, mais fais attention aux commissaires politiques. Bien. Pour le moment, tu es libre. Je vais donc te renvoyer au combat. »

Je ne peux réprimer un sourire satisfait. Koliakov pose ses coudes sur son bureau et se fait menaçant.

« Mais à partir d'aujourd'hui, tu resteras à l'arrière avec ta section. Plus d'insubordination ! Plus de cavalier seul !

– Le camarade colonel va sans doute pouvoir m'expliquer comment je pourrais tuer des Allemands en restant à l'antenne médicale ?

– Tu m'emmerdes, sergent Chlakova. Toujours le dernier mot, c'est ça ? Solokine, sors-moi cette fillette de mon bureau ou je la fais fusiller. Tu en seras désormais personnellement responsable, c'est compris ? »

Solokine et moi on salue et on décampe. Le jour se lève à peine et l'air est déjà tiède. La journée va être brûlante.

« Merci d'être intervenu en ma faveur.

– N'en parlons plus, tu es autorisée à rejoindre ta section, mais gare à toi, fichue tête de mule ! »

Solokine va vers sa jeep et y attrape mon fusil pour me le tendre. Le tenir entre mes mains me procure une joie immense. Avec lui, je me sens invincible.

« Ta chef de section m'a confié ton paquetage. Elles sont déjà sur la route, je vais te déposer. »

Je monte à l'arrière de la jeep, une Willys américaine. Solokine s'assied à côté de son chauffeur. Après une heure d'interminables cahots, la colonne est en vue. J'aperçois ma section qui avance sous le soleil matinal. Les filles traînent leurs bottes dans la poussière au milieu d'une masse grouillante de fantassins.

« Je descends ici. Merci pour la balade.

– En cas de besoin tu sais où me trouver. Et sois prudente. N'oublie pas qu'à partir de maintenant, les Allemands veulent ta peau. »

Je soulève mon paquetage, passe mon fusil en bandoulière et je saute de la jeep pour rejoindre les filles. Elles m'accueillent en se foutant de moi. L'Étoile rouge aux arrêts, ça fait mauvais genre. Anna me jette un regard noir, mais je sais qu'elle est contente de me voir de retour. Je n'ai pas eu le temps de me changer ou de faire un brin de toilette, mon pantalon sent un peu la pisse de la veille. Je mets un pied devant l'autre en me demandant à quoi ressemble en ce moment la fameuse terreur invisible. À une vieille femme aux vêtements sales, le visage crasseux, ployant sous un paquetage trop lourd.

Les officiers ne nous accordent aucun répit, on poursuit les Allemands, de jour et de nuit, on marche à en crever. Ils reculent bien plus que l'état-major ne l'avait envisagé, nos lignes s'étirent dangereusement. On marche des jours durant, droit devant nous, sans rencontrer la moindre résistance. On parcourt parfois plus de cinquante kilomètres par jour. Il arrive même qu'on nous force à continuer de nuit. J'ai vu des soldats dormir debout et continuer d'avancer, un pied devant l'autre, l'esprit s'est éteint mais le corps poursuit son travail. Il arrive qu'on en remette un sur le chemin, car le sommeil le fait partir à travers champs. Certains se sont perdus et reprennent conscience seuls au milieu de nulle part. Ça serpente sur les routes, ça titube, ça somnole et ça tangue, on sombre et on se réveille, la plante des pieds couverte d'ampoules brûlantes, les muscles tétanisés, le cartilage craque du haut en bas. Nos yeux sont ternes et nos visages noirs de poussière. On est une armée de somnambules.

Ces marches harassantes mettent nos corps à rude épreuve. Les gars se foutent de leur aspect crasseux. Les filles, en revanche, on essaye de rester propres, toujours ce reste de coquetterie qui refuse de nous quitter. On sent mauvais, le manque de vêtements de rechange est un problème permanent, on cherche des points d'eau, un ruisseau, un cratère d'obus, même une flaque peut nous satisfaire. Pour nos règles, c'est difficile. Notre ventre se tord, nos jambes s'alourdissent. Sans linge prévu à cet effet, le sang dégouline contre nos cuisses, laissant des sillons sanguinolents sur la terre claire de la route. Les gars nous comprennent mieux que les officiers. Ils gardent le silence, font comme s'ils ne voyaient rien. On crapahute ainsi toute la journée sans pouvoir se nettoyer. Il nous arrive d'utiliser une poignée d'herbe, ou les manches de nos maillots de corps qu'on déchire pour en faire des serviettes. C'est idiot, mais on ne peut pas se défaire de la honte que nous provoque tout ce sang répandu sur le sol.

Et on marche.

Ce que les fascistes n'ont pas mesuré, c'est l'immensité de notre pays. Il rime avec patience, lenteur, détermination. Ils regretteront longtemps d'y avoir pénétré sans y être invités. Si nous sommes épuisés, eux aussi.

Un matin, à l'aurore, nous atteignons les rives de la Bérézina. Notre section a été envoyée en reconnaissance. La vue de toute cette eau claire nous remonte le moral. D'abord, on s'embusque dans les hautes herbes sous un bouquet d'aulnes. Quelque part au-dessus de nos têtes, un oiseau crie. Un cri bref, rauque, répété, comme un appel. J'ignore de quel animal il s'agit, je n'y connais rien en oiseaux. Je sais seulement à quoi ressemblent les rossignols, ceux qu'on n'entend plus chanter depuis le début de cette guerre. Ou sont-ils allés ? Ça aussi je l'ignore. Plus loin en amont, l'unique pont a été dynamité, sa carcasse d'acier tordu repose dans le lit du fleuve, couchée sur le flanc. Il faudra se mouiller pour traverser. Je rampe plus près de la berge marécageuse, et je prends quelques minutes pour observer l'autre rive. Ici, le fleuve est large, les troupes y seront à découvert pour le franchir. Rien ne bouge. Des hérons blancs pêchent, signe qu'il n'y a pas d'êtres humains de l'autre côté. L'oiseau continue de pousser son cri là-haut dans les frondaisons. Les Allemands ont détruit le pont pour nous retarder et ont filé. Une fois assurée que la voie est libre, je rejoins la section. On décide de profiter de ce moment de répit pour nous déshabiller et plonger dans l'eau. Nous décrasser, laver le sang sur nos cuisses, nos cheveux emmêlés et sales nous replonge en enfance pour quelques minutes de bonheur total. On joue, on s'arrose, on rit. L'eau est fraîche, agréable. Rien n'est plus précieux que ce moment de détente volé à la guerre.

Dans la journée, nous traversons. Quarante mille hommes se jettent à l'eau, sur des troncs, des fagots, des planches, se servant de ce qu'ils ont en guise de rames, pelles, crosses de fusil, mains nues. Une armée de va-nu-pieds qu'un moral d'acier rassemble.

Cette nuit, notre colonne traverse Minsk. Les incendies que les Allemands laissent derrière eux projettent nos ombres faméliques sur les ruines. Cette ville immense est réduite à un tas de pierres et de cendres. On dirait un décor de cinéma. Dans nos narines se mêlent les odeurs des cadavres, des flammes ardentes, du métal en fusion et de l'essence qui brûle. On avance avec un chiffon sur le nez.

Enfin, après huit jours de marche et quelques accrochages avec l'ennemi, notre régiment fait une pause. Le soir, on installe notre bivouac dans une grange abandonnée, un peu à l'écart du reste de la troupe. Tout est calme, les grillons chantent sous un ciel pâle et pur, à peine troublé par un voile blanc qui s'effiloche à l'horizon, par-dessus la cime des bouleaux désormais couverts de leur feuillage argenté. Toute cette vie qui reprend ne se préoccupe pas des combats. Les filles sont épuisées, s'allongent sur le sol, les jambes en l'air, pour les soulager. C'est l'heure des soins, nos pieds ne sont que des nœuds de douleur. Tout en bandant leurs plaies, mes camarades parlent de ce qui se passera après la guerre, si on en sort entières. Le mariage les préoccupe, elles se demandent si elles trouveront un mari, quelqu'un qui les acceptera après ce qu'elles ont fait ici. Est-ce qu'on pourra vivre une vie normale ? Avoir des enfants et les élever dignement ? C'est plus facile de tuer nos ennemis que d'élever des enfants. On vise, on tire, on se replie, on mange, on dort. Être une bonne mère, aimante, indulgente, attentionnée et juste, ça c'est autrement plus difficile. Il faut posséder des qualités qui sont absentes de notre quotidien. On apprend à haïr, pas à aimer. Valentina était mariée, elle a perdu son mari dès le début du siège de Leningrad. Ses enfants lui manquent. Elle prétend qu'il vaudra mieux mentir pour assurer la paix de son foyer, qu'il vaudra mieux enterrer nos médailles avant de rentrer, ou ne jamais dire comment nous les avons obtenues, ne jamais raconter à quiconque ce qu'on a fait, surtout pas à l'homme avec qui on souhaitera partager nos vies. Les maris ne sont pas des compagnons d'armes, ils se défient des femmes indépendantes. Alors, que dire des femmes pour qui la mort est une amie intime ? Les plus jeunes l'écoutent attentivement, mendient ses conseils. Grâce à elle, on peut échafauder des stratégies pour l'avenir, rêver un instant de ne pas finir seule. Moi, ce qui m'inquiète, ce ne sont pas les maris, ni les enfants, ni la perspective de trouver un travail décent... La question qui me taraude, c'est que sera le monde après ça ? À quoi pourra-t-il ressembler ? Autant de questions qu'on se pose en nettoyant nos fusils, et moi, je chante *Mes brumes*.

Un peu avant notre maigre repas, un caporal du bureau postal m'apporte le courrier. Depuis que je suis célèbre, des gens m'écrivent. Je n'en reviens pas. Je déniche un morceau de planche dans la grange et la pose sur mes genoux en guise d'écritoire. Dès que j'ai un moment, je les lis et j'y réponds. J'ai souvent envie de corriger les fautes, je souris devant une rature. Je reçois des lettres d'admirateurs inconnus, d'anciens camarades de lycée. Même de ma voisine de palier quand j'étais étudiante.

Ce qui m'émeut le plus, ce sont les dessins d'enfant. Je conserve précieusement les plus beaux, pliés dans un carnet, avec la photo de ma sœur. Il y a des paysages, des fusils comme le mien réalisés au crayon de papier, des portraits recopiés sur ceux que l'on trouve de moi dans la presse. Ils me rappellent que j'étais institutrice. Je dis « j'étais » car j'ai l'impression que ce sont les souvenirs d'une autre Lenka, sans rides soucieuses ou cheveux blancs, sans manières de soldat. En revanche, il n'y a toujours aucune lettre de ma mère, ni de mon père.

Il est tard, je tombe de sommeil, tous mes membres sont engourdis. Les autres filles de la section dorment et ronflent, étourdies de fatigue. Je m'apprête à m'allonger quand un lieutenant d'artillerie entre dans la grange.

« Eh ben, pas facile de vous trouver. »

Je ne me lève pas pour l'accueillir, je n'en ai pas la force, et le ton qu'il emploie me déplaît. Le type balaye notre bivouac du regard puis me dit :

« J'ai besoin de l'une d'entre vous pour aller nettoyer le baraquement du major Denitchev. Il dit que ses quartiers manquent de propreté.

– Maintenant ?

– Évidemment, pas demain, bordel ! »

Je soupire.

« Camarade, on est toutes crevées, autant que les gars. On n'a pas à briquer le plancher de ton patron. C'est une unité d'élite ici. Va trouver quelqu'un d'autre.

– C'est un ordre, sergent ! Et ça a intérêt à briller. Le major n'est pas du genre à plaisanter. »

Le lieutenant sort, furieux. J'essaye de réveiller les autres, mais impossible de les tirer de leur sommeil. À contrecœur, je me décide à le suivre. Plus vite ce sera fait, plus vite je pourrai dormir.

Je suis l'officier en traînant ma carcasse à travers le camp jusqu'à une baraque en rondins.

« Le major dîne avec le général de la division, que ce soit briqué avant son retour où ça va barder. »

Je pourrais le rouer de coups si j'en avais seulement la force. Au front, on a beau faire le même travail que les hommes, il faut toujours que quelqu'un nous rappelle qu'on est des larbins. Il ouvre la porte, allume une lampe-tempête qu'il pose sur une table bancale et me désigne une brosse, un seau d'eau et un quart rempli à ras bord de poudre à récurer.

« Au travail, sergent. »

J'entre derrière lui.

« Et ne t'avise pas de voler quoi que ce soit. Je le saurai ! »

Femme de ménage et voleuse, voilà ce que je suis à ses yeux. Il claque la porte et me laisse seule avec ma fatigue. La cabane est poussiéreuse mais pas sale. Chaque soldat alentour trouverait même que c'est un palais. Le lit de camp et ses draps propres me font de l'œil au bout de la pièce. Je suis tellement épuisée que je m'assieds un moment à la table, la tête dans les bras, pour reprendre des forces.

Lorsque la porte s'ouvre à la volée, je sursaute. Je me suis endormie ! Un type courtaud aux épaulettes de major et sentant l'alcool se tient debout devant moi, escorté par le lieutenant, rouge de colère. Sa botte cogne contre le pied de la chaise.

« Qui m'a foutu des bonnes femmes pareilles ! hurle le major. Ça roupille au lieu de faire le ménage !

– Debout ! » renchérit son ordonnance en me secouant, craignant sans doute que l'incident lui retombe dessus.

Encore prisonnière de mon sommeil, je me relève pour me mettre au garde-à-vous. Mon salut est peu protocolaire, je tiens à peine sur mes jambes, je titube, ce qui attise la colère des deux officiers. Mes oreilles bourdonnent. L'ordonnance ramasse la brosse et le seau et me les tend.

« Tu vas te remettre au boulot, et tout de suite ! Un ordre est un ordre !

– Si vous voulez que ça brille, major, vous n'avez qu'à le faire vous-même. Moi, je vais me coucher.

– Putain de ta mère, pour qui tu te prends ? hurle-t-il tout contre mon visage. Je vais te foutre cinq jours d'arrêts !

– Au moins, je pourrai dormir tranquille.

– Ferme ta gueule ! »

Il m'empoigne par le bras et me jette dehors. Escortée par le major et son ordonnance, qui continuent de hurler de part et d'autre de ma pauvre tête, je traverse le camp endormi. Les soldats de garde détournent le regard, ne voulant pas se trouver mêlés à une altercation avec des gradés. Soudain, notre équipage croise le chemin de Solokine, accompagné du colonel Koliakov, qui s'exclame, son cigare aux lèvres :

« Chlakova ? Encore toi ! Qu'est-ce que c'est que ce foutoir ? »

Je salue le colonel le plus dignement possible alors que je pourrais me laisser tomber là, à ses pieds, et m'endormir.

« Qu'est-ce qu'elle a fait ? s'enquiert aussitôt Solokine auprès du major.

– Cette salope insolente a refusé de nettoyer mon baraquement ! Je la mets aux arrêts ! »

Koliakov crache un épais nuage de fumée et me dit :

« Chlakova, on ne voit plus vos yeux. Allez vous reposer. » Puis il se met à engueuler le major alors que je m'éloigne en traînant les pieds.

Je suis soulagée de m'en être sortie une fois encore, bien que ces brimades laissent sur moi leurs entailles. Je titube jusqu'à la grange. À peine endormie, un adjudant passe la tête par la porte :

« Préparez-vous, on part dans trente minutes, paquetage pour quatre jours. »

7.

On peut facilement nous suivre à la trace. Les soldats se débarrassent d'abord du superflu, puis du reste, pelles, masques à gaz, casques. Les officiers nous font parfois cesser la marche pour de courts arrêts de quelques minutes. À peine l'ordre donné, tout le monde s'écroule dans le fossé, tête en bas, pieds sur le talus pour soulager nos jambes raides. On s'endort pour être aussitôt réveillés par les coups de sifflet. Et on repart, toujours de nuit pour masquer notre progression. Le ravitaillement est inexistant. On avance trop vite pour l'intendance. La roulante ne s'est pas montrée depuis cinq jours. On se lève en pensant à la nourriture, on marche en pensant à la nourriture, et une fois qu'on parvient à trouver le sommeil, on rêve de nourriture. Notre repas n'est constitué que de croûtons de pain de seigle rassis, aussi durs que des pierres, et de hareng séché. Ça donne une soif terrible. Pour améliorer l'ordinaire, les filles et moi échangeons nos rations d'alcool avec les soldats contre quelque chose de plus consistant à avaler. L'alcool est leur carburant. Nous, on l'utilise uniquement l'hiver pour lutter contre le froid. On se frictionne les mains avec quand on reste étendues des heures dans la neige.

J'ai mal partout où il est possible d'avoir mal. Cette guerre aura ma peau. Notre peau à tous. Personne n'en réchappera.

Notre section traverse des villages calcinés, les uns après les autres. Les services politiques nous abreuvent depuis des mois de récits d'atrocités commises par les fascistes. Avant l'offensive, on n'y croyait qu'à moitié, comme tout ce qui a trait à la propagande. Ces histoires de mutilations, de tortures, des gens brûlés vifs, ça nous paraissait un peu gros. Le soir, dans notre abri, les filles questionnaient Anna sur telle ou telle information effroyable relayée par le journal du front. Elles ne le font plus. Hier, on a vu une des nôtres, empalée devant les restes d'une masure encore fumante. Elle était nue, les yeux crevés, la langue tranchée, les seins coupés. La veille, on a découvert le corps d'un partisan, coupé en deux à la scie. L'outil était encore là, posé en évidence, une scie passe-partout dont la lame rouillée, immense et hérissée de dents comme la gueule d'un monstre, nous faisait peur. La liste de ce que j'ai vu est longue. Elle me plonge parfois dans une profonde tristesse et une rage que je ne peux pas contenir. J'essaye de ne pas y penser, je chasse aussitôt ces images de ma mémoire pour ne pas devenir folle. Qui sont les gens capables de telles atrocités ? Ont-ils un père, une mère ? Écrivent-ils à leurs enfants pour leur raconter une journée ordinaire de ce côté de la Terre ? Je me demande s'il existe un enfer pour les fascistes.

À mesure que nous progressons, je prends conscience que la sauvagerie appelle la sauvagerie. La vengeance est la seule réponse possible. Elle va se déchaîner. Comme le martèle la presse soviétique : ni oubli, ni pardon. Ni oubli, ni pardon. Il faut tuer un Allemand par jour ou ta journée sera fichue.

Alors que nous bivouaquons dans les bois, Solokine vient nous trouver. Nous devons partir avec un détachement en reconnaissance. Un village sur notre route est tenu par les Allemands, il faut les déloger. La section se prépare. Chacune camoufle sa tenue, fixe des herbes et des feuillages sur son casque, sur sa cape de pluie. Couvertes de verdure, on se met en route à travers un bois marécageux, suivies par une compagnie d'éclaireurs.

Les routes manquent par ici. Ce ne sont que des bosquets où tout est gorgé d'eau, impraticables en toute saison. On traverse des étendues miroitantes en cherchant de la terre meuble pour éviter de s'enliser jusqu'aux genoux dans ces eaux opaques. La vase retient nos bottes, qu'il a fallu attacher solidement avec de la ficelle. Une odeur de bois pourri flotte dans l'air. Ces immenses marais sont le domaine des moustiques qui nous attaquent en nuages compacts. Je me suis recouvert les mains avec de la graisse de moteur pour me fabriquer une seconde peau. L'odeur est infecte, mais ça évite de se faire dévorer vive.

Aux abords du village, on se sépare en binômes pour prendre différentes positions d'observation. Chaque paire choisit un endroit stratégique, un talus, un bosquet touffu. Les oiseaux chantent, indifférents à notre présence furtive. Le sol est spongieux, on patauge. Dans ma lunette, je passe en revue les positions ennemies. Les Allemands bivouaquent près de deux véhicules blindés équipés de petits canons. D'autres creusent des tranchées défensives. Il n'y a que quelques masures trapues au toit de chaume entourées de barrières branlantes. J'aperçois des potagers. Du linge sur un fil. Je ne vois aucun habitant. Ils doivent se terrer chez eux. Dans ma lunette, j'observe nos fantassins qui approchent, dissimulés par des joncs. Macha me fait signe, je regarde ce qu'elle me montre. Deux nids de mitrailleuse. Ceux qui les manient seront nos premières victimes. Ensuite, les conducteurs des engins blindés. Je ne dénombre pas plus de quarante fascistes. Ils vivent leurs derniers instants. Soudain, le groupe d'assaut jaillit des joncs en tirant. Les Allemands se précipitent sur leurs armes, beaucoup trop tard. Je fais feu. Une, deux, trois fois, les servants de mitrailleuse tombent comme des sacs. J'entends claquer les tirs des autres filles, aucun Allemand ne parvient à monter à bord des blindés, ils s'écroulent les uns après les autres tandis que nos soldats fondent sur les survivants. Une poignée de fascistes prend la fuite. En quelques minutes, tout est fini. Le lieutenant qui mène l'attaque nous envoie un salut. Tous ses hommes sont en vie.

La section entre dans le village pour rejoindre les troupes d'assaut qui entassent déjà les cadavres ennemis. Les véhicules blindés sont déplacés et détruits. Les habitants sortent de leurs maisons, étonnés et émus de voir enfin un soldat soviétique. Ils nous proposent à manger, à boire, prélèvent de quoi améliorer notre quotidien sur leurs maigres récoltes. Une fillette aux grands yeux bleus me prend en sympathie et me tire par la main pour me montrer sa maison. Elle s'appelle Anya. Sa mère nous invite, les filles et moi, à partager leur repas et à loger ici pour la nuit. Nous en profitons pour nous laver, l'eau du puits est fraîche et douce. C'est la première fois depuis huit mois que nous dormons dans une véritable maison. La femme nous explique que son mari est mort dès l'arrivée des Allemands dans la région, trois ans plus tôt. C'est vrai qu'il n'y a pas de jeunes hommes dans ce village, surtout des femmes, des enfants et des vieillards. L'été est chaud et la moiteur des marais tout autour accentue la sensation d'étuve. À l'intérieur, il fait presque frais. Valentina prend le premier tour de garde et se poste à la fenêtre. On s'endort à même le sol dans la pièce principale.

Soudain, je suis réveillée en sursaut par un cri. Tania me secoue, toute la section est sur pieds en quelques secondes. Les Allemands ! J'entends alors le cliquetis caractéristique des chenilles de tank en approche. Les murs de la maison tremblent. La famille s'enfuit par la porte de derrière. Les filles se rassemblent autour des deux seules fenêtres. Le jour est à peine levé.

Trois tanks foncent vers nous, abritant derrière leur lourd blindage plusieurs unités de combat. Ils sont venus en force reprendre le village. Une première explosion fait voler le mur de la maison voisine en éclats. Des tirs de mortier viennent labourer le centre du village. Je voudrais tirer mais je ne vois rien à travers la fumée. Inutile de gaspiller des cartouches.

Il faut tenir le temps que nos soldats se replient. On ne fait pas le poids contre une compagnie motorisée.

Tania et Marina sont les premières à se replier, par l'arrière de la maison. Puis, une à une, les autres décrochent. Je les perds de vue. Un obus traverse le toit de chaume. Une partie de la charpente nous tombe dessus. Il ne reste avec moi que Valentina, Yevgenia et Macha. Valentina et Macha sont à la première fenêtre. Je rampe vers Yevgenia postée à l'autre. Je me serre contre elle et j'ajuste les fascistes qui se ruent à l'assaut. Les coups de feu claquent. Dans cet espace confiné, les détonations font claquer nos tympans. L'odeur de poudre est suffocante. Le feu adverse est trop nourri pour être contenu. Le mur de torchis éclate, le bois explose en échardes. Au loin, je vois enfin la compagnie d'éclaireurs qui termine son repli dans les marais. Ça va être à notre tour. Macha et Yevgenia partent les premières. Les tanks sont maintenant à quelques mètres de notre position. Le panzer du milieu fonce droit sur nous. Je comprends qu'il va percuter la maison. Je me souviens d'une leçon de tir. Pour stopper un tank, il faut toucher la vitre blindée du pilote. Trois fois au même endroit.

Valentina m'empoigne par l'épaule, il faut dégager. Je lui dis de partir, que je la rattrape. J'ajuste la lunette de mon fusil. La première balle fragilise le blindage. La seconde le brise. La troisième frappe le pilote en pleine tête. C'est ce qu'on apprend. Ma seconde balle touche la vitre sans la briser. Le tank est tout près. Ma troisième balle ricoche sur le blindage. Mon cœur s'emballe. Je comprends que cette technique, c'est de la foutaise. Je me redresse et je décampe au moment où le panzer traverse le mur, entraînant toute la maison avec lui. Elle s'écroule dans un vacarme assourdissant. J'entends les appels des Allemands, leurs ordres criés. Ils sont tout près. Le tank émerge des gravats dans un nuage de poussière. Il tire au hasard vers les marais. Le village est perdu.

Je cours en ligne droite, à demi sourde. Les rafales de mitraillettes me poursuivent. Je cours à en perdre haleine, mon fusil brandi pour écarter les branches. J'appelle. Personne ne me répond. J'aurais dû suivre mes camarades, ne pas m'obstiner à jouer les héroïnes jusqu'au dernier moment. L'ennemi est partout, je reprends ma course au hasard, je patauge dans la vase, les trous d'eau, assaillie par les moustiques. Épuisée, je me laisse tomber dans les hautes herbes, dans une large flaque d'eau croupie. Je me camoufle le mieux possible. Je tremble. Dans quelle direction sont nos lignes ?

J'entends des pas. C'est un fasciste, mitraillette au poing. Il avance avec prudence, prêt à tirer. Je lui saisis les jambes, le fait basculer dans une flaque. Il se débat mais je suis plus rapide, je passe la sangle de mon fusil autour de son cou, je serre de toutes mes forces en lui maintenant la tête sous l'eau. Je pèse de tout mon poids sur lui. Je peux même sentir l'odeur de sa sueur alors que ses forces l'abandonnent. Dès qu'il ne bouge plus, je m'enfuis.

Je progresse prudemment, faisant des haltes régulières pour écouter l'écho des sons qui ricochent sur les étendues d'eau. Impossible d'en déterminer la source. Les moustiques me poursuivent, ne me laissent aucun répit. J'ai les mollets couverts de sangsues. Dans quelle situation je me suis mise ? J'enrage contre moi-même, contre mon caractère intrépide et idiot. Je n'ai pas pu m'en empêcher, il a fallu que je cherche à prouver que je pouvais arrêter un tank à moi toute seule. Et me voilà perdue dans cette immensité marécageuse. Je m'enfonce parfois jusqu'au cou dans cette mélasse noire, mes bottes touchent à peine le fond. Je panique. Ma montre indique déjà onze heures. Démoralisée, je me hisse sur une sorte d'îlot, un vague talus boueux, et je m'assieds au pied d'un arbre mort pour reprendre mon souffle. Je n'ai rien d'autre que mon fusil. Je meurs de faim. Je suis à bout de forces. Au moins, j'ai échappé à mes poursuivants. Ce n'est pas encore aujourd'hui que les fascistes auront ma peau. Je suis en train de m'assoupir lorsque j'entends une voix m'appeler. C'est Anya, je reconnais sa petite bouille et ses grands yeux bleus. Elle me demande de la suivre. Me voilà sauvée, j'en pleure de joie.

Anya rejoint une poignée de partisans qui me guident à travers le marais jusqu'à leur camp, quelques huttes de branchages presque invisibles au milieu de ce rideau de verdure. Jamais la fillette ne s'enfonce, elle semble connaître parfaitement le marécage et les pièges qu'il recèle. Je comprends que c'est elle qui sert de messager entre les villageois et les combattants. Quel âge a-t-elle ? Huit ans tout au plus et, déjà, elle risque sa vie pour sa patrie. C'est elle qui devrait porter ma médaille, être surnommée l'Étoile rouge. Je me sens honteuse et désarmée face à cette petite fille courageuse.

Je suis bien accueillie par les partisans. Ils m'offrent le peu qu'ils possèdent, à boire et à manger. Une femme me débarrasse des sangsues. Ils connaissent mes exploits et sont fiers de partager un repas avec moi. Quelle ironie. Je ne suis qu'une fille orgueilleuse et égoïste, qui trace son chemin sans se soucier des autres. Je ne mérite pas toute cette attention. En nettoyant mon fusil, je chante *Mes brumes*. Tous les partisans connaissent cette chanson et ils reprennent avec moi :

Depuis lors et dans tous les alentours,
L'ennemi n'a plus de paix,
Jour et nuit le blizzard des partisans
Bourdonne au-dessus de sa tête.

Lorsque le soir tombe, je quitte le camp accompagnée par deux hommes et Anya, qui ne me lâche pas la main. Sa petite paume chaude dans la mienne me donne du courage. Il me semble que ça fait un siècle que je n'ai pas tenu la main d'un enfant. Mon métier me manque. Une bouffée de nostalgie me prend à la gorge et, au moment de nous séparer, je serre Anya dans mes bras de toutes mes forces. Je lui offre ma montre en souvenir de notre rencontre. J'ai désormais une dette envers elle, je lui dois une reconnaissance éternelle. On se sépare dans un pré en bordure du marais. Nos lignes sont à environ dix kilomètres vers l'est, m'assurent les partisans. Je m'éloigne en pleurant, submergée par les émotions de la journée écoulée. Il est temps de me ressaisir, la terreur invisible ne pleure pas.

Trois jours plus tard, nos forces reprennent l'offensive. On traverse le petit village qui n'est plus qu'un tas de cendres fumantes. Les Allemands l'ont incendié en représailles. Dans la grange dont il ne subsiste que les fondations, on découvre les restes carbonisés des villageois. Le commissaire politique nous fait voir l'horreur, nous force à marcher entre les corps tordus par la chaleur du brasier. Leurs bouches et leurs orbites sont des trous noirs insondables. On doit voir ça pour nous endurcir, comprendre à qui on a affaire. Et là, au milieu des cendres, j'aperçois le reste noirci de ma montre.

8.

Nous sommes aux portes de Vilnius, prêts à libérer la Lituanie occupée. Notre corps d'armée fait une pause pour se rassembler et prendre un peu de repos. On a marché plus de trois cents kilomètres en à peine deux semaines. Notre état physique est lamentable. Heureusement que nous n'avons pas à combattre, on en serait bien incapables.

Notre camp est situé dans une ancienne minoterie, près d'un petit bois bordé par des champs de blé. Les bâtiments de brique rouge, hauts et étroits, sont répartis autour d'une cour où les camions vont et viennent, acheminant du matériel médical, des munitions, des rations. On manque de tout. Enfin les roulantes sont arrivées, elles aussi. On va pouvoir manger autre chose que des croûtes de pain.

Pour nos nouveaux quartiers, on nous a octroyé une petite dépendance, une maisonnette aux vitres brisées, qu'on partage avec une autre section de filles comme nous. La minoterie elle-même est vide, il ne reste rien des machines, seulement leurs emplacements, des grandes dalles de ciment nues entre des piliers. Tout a été emporté ou détruit. Un hôpital de campagne est installé dans le plus grand des bâtiments, et, depuis notre maisonnette, on peut voir le ballet ininterrompu des civières.

Même si on dispose maintenant de trois pièces, on dort ensemble. Une habitude dont on ne parvient pas à se défaire. Entendre nos respirations nous réconforte. Ça aide à trouver le sommeil. Les marais sont enfin derrière nous et les guêpes ont remplacé les moustiques, elles tournent autour de nos rations de sucre comme des folles. L'une d'elles vient boire dans mon quart en fer-blanc. Il me revient alors une anecdote avec mes frères et ma sœur. Bien que je sois la plus jeune de la fratrie, ça ne m'a jamais empêché de faire beaucoup de bêtises. Cette fois, on jouait à la guerre dans les bois avec des bâtons pour seules armes. C'était l'été. Découvrant un nid de guêpes dans le sol, je me suis mise à cogner dessus, comme ça, sans réfléchir. Pour voir ce qui allait se produire. Furieuses, les guêpes ont jailli de leur trou en essaim, attaquant tout ce qui bougeait. Bien sûr, j'avais eu le temps de détaler, mais mes frères, qui n'avaient pas vu la scène, ont été poursuivis à travers bois et piqués à de nombreuses reprises. Je me souviens de leurs cris résonnant dans les bois. Ma sœur m'attendait sur le pas de la porte. Pour me punir, elle m'a fait croire que Fiodor et Sergueï allaient mourir. Je n'ai jamais eu aussi peur. Et quand plus tard je les ai vus assis à table, à sucer des morceaux de sucre pendant que maman tamponnait leurs piqûres avec du vinaigre, je me suis effondrée en pleurs, promettant de ne jamais recommencer. Je me souviens pourtant que je pleurais autant de chagrin que d'amertume, car je me sentais humiliée et vexée d'avoir été assez crédule pour croire l'histoire de Youliya. Dupée, j'avais été son jouet. Je lui en ai voulu longtemps après cet incident. J'avais déjà ce caractère impétueux. En y repensant, c'est vrai que Youliya remplaçait souvent maman, surtout lorsqu'il s'agissait de me sermonner et de me faire la morale. À ses yeux, la vie était une affaire sérieuse, il n'y avait pas de place pour l'oisiveté dans son cœur.

Lors d'une brève cérémonie, je suis promue sergent-chef. Je reçois alors un nouveau fusil, un SVT-40 tout neuf dont le bois lustré brille, sans une éraflure, je remercie le colonel Koliakov pour son cadeau.

De retour dans nos quartiers, je me demande ce que je vais bien pouvoir faire de ce fusil-là. Le mien est parfaitement réglé, je n'en veux pas d'autre. Et comme il n'est pas question que je trimballe deux fusils sur mon épaule, c'est bien trop lourd, je décide de l'offrir à Macha qui l'accepte, à la fois surprise et émue par mon geste.

Dans le courrier qui s'accumule, je découvre un article du journal de mon lycée qu'un ancien camarade m'adresse. Je me demande où ils ont trouvé la photo qui l'accompagne. Je dois avoir treize ou quatorze ans. Je porte un béret sur l'arrière du crâne et des nattes blondes. Mes yeux clairs, mon visage rond et radieux dégagent une impression de joyeuse insouciance. Cette jeune fille, qui est encore une enfant innocente, respire le bonheur. Je la regarde avec nostalgie. Une fois devenu adulte, le bonheur se raréfie, il devient bref, fugace, à peine l'entrevoit-on qu'il s'est enfui.

Ici, le bonheur s'est absenté. J'en sais quelque chose.

Je reçois toute sorte de cadeaux étonnants, par exemple des mèches de cheveux, des rubans, des mitaines tricotées à la main, des fleurs séchées, même des demandes en mariage. Tous ces gens m'aiment et pourtant je me sens terriblement seule et incomprise. Je suis souvent triste sans raison, mon état mental alterne entre exaltation et abattement.

Dans un nouvel article paru dans *L'Étoile rouge*, le grand journaliste Ilya Ehrenbourg écrit à mon sujet : « Elle peut être fière, la mère russe qui a mis au monde une fille auréolée de tant de gloire et de noblesse. » Je ne crois pas que ma mère soit fière de ce que je fais ici. C'est pour ça qu'elle n'écrit jamais, et moi non plus. Elle a compris depuis longtemps dans quoi je me suis fourrée. Qui pourrait mieux me connaître que ma mère ? Elle sait que tout ce qu'on dit de moi est le résultat de mes propres choix, et uniquement ça. Personne ne peut me dicter ma conduite. Alors qu'elle attend le courrier qui lui annoncera ma mort, elle fait le compte de toutes les fois où j'ai désobéi, quand je me suis enfuie pour aller au collège, puis enfuie pour aller au lycée. Cette marche de deux cents kilomètres à travers la taïga, seule, pour aller à la gare. Cette fois déjà, elle a cru que j'étais morte. J'imagine les voisines apporter les journaux, commenter les articles, les exploits, les récompenses, fière de ce que la petite institutrice accomplit pour la patrie. Ma mère les reçoit, assise près de la fenêtre, évocation rigide de la dignité et de l'affliction. Je me demande ce qu'elle fait des articles. Sans doute qu'elle les brûle dans le poêle, à moins que mon père ne les conserve. Parfois, après les combats, j'ai honte de ce que je suis devenue. J'ai pourtant l'impression d'en avoir encore si peu fait pour la patrie. Je ne mérite pas ces éloges. Tuer des Allemands n'a rien de difficile ou de glorieux. Je le fais parce que je suis douée pour ça, aussi parce que je ne peux pas m'empêcher de le faire. Si je le pouvais, je demanderais une mutation pour l'arrière. Mais j'en suis incapable… Une partie de moi me dit de renoncer, de quitter le front, de vivre une vie calme, et une autre, comme un élan, me pousse en avant, toujours plus près de l'ennemi. Je me suis accoutumée à la guerre, à l'excitation qu'elle procure. C'est devenu un besoin primaire. Tout ce qui ne concerne pas les combats me fait sombrer dans un ennui mortel. Aussi paradoxal que ça puisse l'être, la guerre me maintient en vie.

La photo de moi qui illustre cet article est retouchée. Mes joues ont été rabotées, mes pommettes adoucies, mes sourcils retaillés. Je me reconnais à peine et ça me blesse. Je ne leur suffis déjà plus ? Voilà qu'ils me féminisent, me resserrent la taille pour me faire correspondre à une meilleure image de femme, une image que les autres peuvent admirer, envier. Me voilà devenue un jouet entre les mains de l'armée.

Anna apporte des journaux pour toute la section. Les nouvelles sont bonnes, le maréchal Koniev est entré en Pologne avec ses troupes du front sud. Les Américains ont débarqué en France. L'étau se resserre sur les armées fascistes. Peut-être qu'on n'aura bientôt plus besoin de se battre, qu'on pourra rentrer chez nous. Cette perspective m'angoisse terriblement. J'ignore ce que je trouverai là-bas, si je serai capable de reprendre le cours de mon existence comme si rien ne s'était passé. Anna a changé depuis quelques semaines. Elle ne nous sermonne plus pour un rien, ne gronde plus celles qui chantent ou rient, ou oublient de ranger leurs affaires. Nous sommes toutes des combattantes endurcies qui n'ont plus besoin qu'on les materne. On a toutes mûri.

Me voyant attablée devant dans la masse de mon courrier, Anna tire une chaise et s'assied en face de moi.

« À ce rythme-là, il te faudra bientôt une secrétaire.

– Tu as vu ça ? J'en reçois de tout le pays. C'est incroyable.

– Écoute-moi Lenka, tout ce courrier, ça t'engage à être plus prudente. Tu dois te ménager, rester à l'arrière. C'est ton devoir moral envers la patrie. Laisse les soldats monter au combat. Contente-toi de faire ton travail de loin, tu es la plus douée avec un fusil à lunette.

– J'ai du respect pour toi, Anna Feodorovna, mais je dois suivre ce que me dicte ma conscience. Que diraient ces gens si je refusais de me battre ? “Lenka est une lâche qui répond à des lettres bien au chaud derrière un bureau", voilà ce qu'ils diraient.

– Ce n'est pas ce qu'on te demande. Mais écoute-moi bien, la ligne du parti est claire : les femmes qui combattent ne sont pas des bêtes. Elles ne se comportent pas comme des animaux. Ce n'est pas l'image que tu dois renvoyer, celle d'une fille bestiale qui tue par plaisir. Tu n'es pas une femme ordinaire, tu es une héroïne, une icône, presque une sainte. Tu comprends ? Je veux t'empêcher de fuguer vers les premières lignes comme tu en as pris l'habitude. Tu t'exposes de manière irréfléchie. Moscou ne veut pas te perdre. Tu es devenue trop importante. Tu dois écouter mes conseils, te plier aux ordres de la section politique.

– Je ne suis pas ta créature, Anna Feodorovna. La créature de personne.

– Parfois, je me demande si tu ne cherches pas la balle qui te tuera.

– Rassure-toi, je compte rester en vie. Tu vois ces lettres ? Ce sont autant de raisons de me battre. »

Depuis peu, j'ai une raison supplémentaire. Le souvenir d'Anya me hante. Je la vois en rêves. Je l'ai à peine connue, sa mort atroce ne devrait pas tant me bouleverser. Pourquoi m'émouvoir du sort d'une fillette alors que mes camarades tombent chaque jour par milliers ? Combien d'enfants comme elle sont morts depuis le début de la guerre ? Je refuse désormais de traverser des villages brûlés. Voir le spectacle de ces innocents massacrés est au-dessus de mes forces. Car c'est un spectacle, une sinistre mise en scène pour nous faire douter, nous plonger dans l'effroi, nous pétrifier d'horreur. Le message est clair : abandonnez la lutte ou voici le sort qu'on vous réserve. Ces villages, je les contourne et je rejoins la colonne quelques kilomètres plus loin. Souvent, toute la section me suit. On marche en silence, détournant le regard. Cette cruauté systématique dont on cherche encore la raison nous ôte toute l'humanité qui nous restait encore. Tuer devient chaque jour plus facile, même les plus jeunes et inexpérimentées d'entre nous n'ont plus d'états d'âme.

J'abandonne mon courrier pour partir en patrouille, Macha m'accompagne. On s'équipe et on quitte la minoterie en longeant la lisière du bois. Macha a dégotté un casque de tankiste qu'elle ne quitte plus. Ça lui fait une grosse tête qui dodeline quand elle marche. Les semaines passent et endurcissent Macha. C'est bon signe.

« Merci pour le fusil, il est parfait. Tu ne voulais vraiment pas le garder ? Ça ne me gêne pas si tu le reprends.

– Il est à toi maintenant. Fais-en bon usage. »

Macha caresse machinalement la crosse du fusil. On vagabonde ensemble, les sens en alerte. Des Allemands peuvent surgir à tout moment. Le silence de Macha m'alerte. Ce n'est pas son habitude de la boucler aussi longtemps. Elle rumine quelque chose qu'elle va bientôt me jeter à la figure. Je la connais si bien que je peux lire en elle. Mon intuition est vite confirmée :

« Tu sais Lenka, tu fais de plus en plus peur aux autres filles de la section. Même à Valentina.

– C'est des Allemands qu'elles devraient avoir peur.

– On dirait que tu veux gagner la guerre toute seule, nous punir de je ne sais quoi. Tous ces combats, ce courrier, tu deviens presque une étrangère. On s'inquiète pour toi.

– Tu devrais plutôt t'inquiéter pour vous toutes. Pour votre engagement pour la patrie. Vous n'en faites pas assez. Pas une fois vous n'êtes montées à l'assaut avec les gars. Pas une seule !

– Ce n'est pas notre rôle. Tu ne peux pas nous en vouloir

pour ça. On n'est pas des fantassins, merde. Chacun son boulot.

– Pour moi, ça ne fait aucune différence. On doit se battre partout, tout le temps, sinon ça ne finira jamais.

– Quel foutu caractère ! Tu as de la chance que je reste avec toi, franchement. Je pourrais me trouver un autre binôme, du genre aimable, qui sait coudre et faire la bouffe, qui pourrait démêler mes cheveux le soir. Des trucs utiles. »

Elle redresse le casque qui lui glisse sur le nez. Je souris.

« Mais pour que tu puisses changer de binôme, il faudrait que je meure.

– Je n'ai aucune envie que tu meures. Je suis fière d'être avec toi, tu es comme une grande sœur. Mais ton entêtement finira par te faire tuer.

– C'est à peu près ce que Solokine m'a dit.

– Le capitaine ? Tu en es où avec lui ? C'est du sérieux ?

– Ça ne te regarde pas.

– Il est plutôt bel homme, calme, plein de sang-froid... Et c'est le meilleur commandant qu'on ait eu.

– Arrête de jacasser...

– Oh, et puis merde, si on ne peut plus discuter... »

On longe un champ planté de dizaines de pommiers encore en fleur. Des pétales volent dans l'air chaud et se déposent dans l'herbe. Mourir ici, ce serait bien agréable. Je ne veux pas mourir dans la boue, dans des ruines, des endroits tristes et moches. Je ne sais pas ce qui se passe quand on meurt... Petite, j'imaginais qu'on s'envolait vers le ciel, léger comme ces pétales, l'esprit en paix. Depuis, j'ai vu assez de pauvres gars hurler de douleur leurs tripes à la main pour savoir que ma vision de fillette ne vaut pas grand-chose. Ici, la mort torture, elle fait mal. Chanceux sont ceux qui meurent sur le coup, sans avoir le temps de comprendre ce qui leur arrive.

Un pressentiment me fait m'arrêter. On s'allonge dans un petit fossé, aux aguets. Je fais signe à Macha de couvrir notre droite, je me charge de la gauche. Au bout du pré se trouve un champ de maïs. Une cachette idéale.

« Je ne vois rien, murmure Macha.

– Attends. »

Une de nos patrouilles sort du bois dans notre dos sans nous voir et s'avance entre les pommiers.

Soudain, un coup de feu claque. Un soldat s'écroule en hurlant. Puis un second.

Je n'ai pas vu d'où provenaient les tirs. Je suis certaine qu'il s'agit d'un tireur d'élite ennemi. Il est là, planqué quelque part devant nous, dans le maïs. Les soldats encore valides courent se mettre à l'abri, laissant leurs camarades blessés sur le pré. Deux autres s'écroulent dans leur fuite.

« Je ne le vois pas, enrage Macha. Ce salopard vise comme un débutant ! »

Quatre de nos gars sont allongés dans l'herbe et hurlent de douleur. Leurs cris nous vrillent les nerfs. Je comprends que le tireur se contente de blesser nos hommes, pour forcer les autres à se découvrir pour venir les chercher. Il pourrait ainsi éliminer toute une section. Il vise le ventre. Les blessures au ventre sont terribles, ça fait gueuler les gars si forts que les autres en perdent leurs moyens. Je voudrais crier aux rescapés de rester à couvert, mais ça trahirait notre position. Pour l'instant, l'Allemand ne nous a pas vues. C'est un avantage qu'il faut conserver. Deux éclaireurs sortent du bois et courent vers les blessés. Deux coups rapides claquent et ils s'écroulent eux aussi, foudroyés en pleine course. Six soldats se tordent de douleur sous les pommiers. Ils ressemblent à des fruits trop mûrs tombés des arbres.

« Putain de sa mère, il se croit à la foire.

– Il faut arrêter ça. Recule et va dire à ces idiots de rester à couvert. Qu'ils se préparent à tirer à mon signal.

– Qu'est-ce que tu mijotes ?

– Fais ce que je dis et on l'aura. »

Macha recule en rampant en utilisant le fossé pour masquer sa silhouette. J'attends son retour, l'œil collé à ma lunette. J'ai beau scruter chaque pied de maïs, je ne parviens pas à déceler la présence adversaire. J'ai affaire à un professionnel. Prudent et patient. Un chasseur. Il paraît que les chasseurs allemands sont les meilleurs. Après quelques minutes, Macha revient aussi discrètement qu'elle était partie. Elle est devenue endurante, concentrée et habile. Sans doute qu'elle a pris conscience que la fin est inéluctable. Il faut accepter la possibilité qu'on ne verra pas le jour se lever et tout va mieux.

« C'est bon, ils acceptent de rester à couvert. Ils sont prêts à faire feu.

– Je vais ramper jusqu'au premier blessé pour le ramener. Nos gars vont alors tirer au hasard vers les maïs, ce qui va empêcher notre salopard de pouvoir m'ajuster correctement, mais il va sûrement tenter le coup. Quand il tirera, il te révélera sa position. Et tu le descends. »

Je lis dans ses yeux que Macha n'approuve pas le plan. Elle devra s'en contenter. Là-bas, en plein soleil, nos soldats agonisent. J'abandonne mon fusil et je rampe vers le blessé le plus proche, bien à plat, tête rentrée entre mes coudes. Les tirs de couverture de notre patrouille commencent, des feuilles de maïs voltigent, arrachées par la pluie de balles. J'empoigne le premier blessé et le tire. Il pèse lourd, je sue dans ma vareuse matelassée. J'attends le tir ennemi qui ne vient pas. Après quelques minutes d'effort, le soldat est sauvé. Deux gars l'emportent à l'abri des arbres.

« Putain, pourquoi il ne tire pas ?

– Il est malin. Il prend son temps. Ou bien il a flairé l'embrouille. J'y retourne. Ne lâche pas cette ligne de maïs des yeux. »

Je repars.

Je fais trois allers-retours sans que l'Allemand ne trahisse sa position. Il doit savoir qu'on le cherche. J'ai les bras engourdis, mes muscles sont tétanisés par l'effort. Il reste encore trois soldats étendus dans le pré. L'un d'eux est immobile depuis quelques minutes déjà. Je ne l'entends plus gémir. Il est sans doute mort. Il me reste deux gars à ramener. Macha se propose de prendre ma place. Je refuse. De toute façon, je ne suis plus en état de tirer avec précision. J'ai les doigts raides et tremblants. Macha est la seule à être en pleine possession de ses moyens.

J'y retourne. Je reste très prudente, j'avance lentement, mètre par mètre, masquée par les herbes. Je sais que si je relève la tête, ne serait-ce qu'une fraction de seconde, le tireur embusqué va me coller une balle entre les yeux. Je dois commencer à l'agacer. Je sens la tension faire vibrer l'air. Son viseur doit être braqué sur l'herbe qui remue. Il n'a pas tiré car il est du genre méticuleux, pas le type à faire feu au hasard. Il veut voir mon visage avant de presser la détente. Depuis la ligne d'arbres, nos soldats déplument les pieds de maïs, rendant difficile la concentration de l'Allemand. S'il est aussi malin que je le crois, il est en train de chercher Macha. Il faut en finir. Je sais que Macha est douée, elle ne manquera pas sa cible. Je prends une grande inspiration puis je me redresse. Deux coups de feu claquent presque simultanément. Je sens une brûlure sur ma joue droite. La balle m'a frôlée. Je saigne, toute tremblante et soulagée d'être en vie. Macha se met debout, son fusil brandi au-dessus de sa tête.

« Putain de merde, Lenka, ne fais plus jamais un coup pareil ! »

Je reprends mon souffle avant de crier :

« Tu l'as eu ?

– Bien sûr ! »

Je traverse le champ de pommiers à la suite de Macha pour aller identifier sa victime. C'est un rouquin aux oreilles décollées, revêtu d'une tenue de camouflage neuve. Macha vient de descendre son trente et unième Allemand. Elle rapporte sa plaque d'identification pour homologuer son tir. Quatre des six soldats blessés sont sauvés. C'est une bonne journée.

9.

Nos avions traversent le ciel jour et nuit, on s'habitue au grondement de leurs hélices. On les sent avant de les entendre. Tout se met à vibrer, nos cuillères, nos gamelles, nos munitions, les carreaux des fenêtres, puis la baraque tout entière. L'artillerie tonne deux fois par jour, à l'aube et au crépuscule. Ces secousses incessantes nous donnent la sensation de vivre dans un train en marche.

Après un passage à l'épouillage, je me prépare à recevoir la médaille du courage en récompense de mon dernier acte héroïque. Je passe un uniforme propre et repassé pour l'occasion, mais la sensation d'empester cette affreuse odeur de désinfectant me poursuit jusque devant les officiers. C'est le colonel Koliakov qui me remet la décoration. Il mâche encore un cigare et je crois que c'est le même que la dernière fois. Il me tapote l'épaule, un peu comme le ferait un professeur fier de la bonne note obtenue par son élève. Parmi les soldats secourus, il y avait un fils de général. Son père m'a écrit pour me féliciter et me remercier. Je n'ai pas agi pour recevoir une quelconque récompense. J'aurais sauvé n'importe quel pauvre gars ce jour-là. Ce n'est pas la mort qui me fait peur, mais la souffrance. D'ailleurs, je passe toujours au large de l'hôpital pour ne pas voir ni entendre l'agonie des blessés. J'ai bien plus peur de l'hôpital que du front. Ça amuse Macha, qui ne prend jamais rien au sérieux.

Pour tuer l'ennui dans ces moments de repos, j'organise des concours de tir avec des unités d'éclaireurs ou de la cavalerie. On se lance des défis. Chacune des filles de notre section troue une boîte de conserve à cinq cents mètres, alors chaque fois, on gagne haut la main. Les gars n'en reviennent pas et nous applaudissent. Nos démonstrations rappellent aussi à ceux qui sont mal intentionnés qu'on est plus dangereuses qu'eux.

En échange de leçons de tir de précision, j'apprends à monter à cheval. Notre armée possède des milliers de chevaux. Je fais de courtes promenades dans les champs alentour avec un officier de cavalerie. Je suis déjà tombée plusieurs fois, je crois que ces foutues bêtes ne m'aiment pas. Je m'en sors avec une blessure à l'orgueil et quelques bleus sur les fesses. Il faut dire que je marque facilement.

L'autre soir, Tania est rentrée dans nos quartiers accompagnée de son nouveau flirt, les bras chargés de nourriture. Andreï travaille au mess et parvient toujours à détourner quelque chose pour nous. Valentina confectionne des pelmenis, de gros raviolis à la viande. On n'a rien mangé d'aussi bon depuis un an au moins. On la regarde préparer la pâte, hacher la viande et l'assaisonner, ça nous fait voyager en pensée vers nos maisons, nos familles, vers le temps où on vivait heureux et en paix. C'est réconfortant de sentir la bonne odeur de cuisson qui nous fait saliver. Après le repas, Andreï joue de l'accordéon, il connaît beaucoup de chansons. On danse entre nous et pendant ces courts moments de bonheur et d'évasion, j'ai l'impression que la guerre s'est achevée.

Solokine a installé ses nouveaux quartiers dans une tente de campagne à l'extérieur de la minoterie pour être plus proche de ses soldats. J'y viens quémander du matériel pour la section : bottes neuves, ceinturons, vareuses, linge propre et tout ce qui nous fait défaut. Les combats usent vite nos uniformes. Nos tenues sont déchirées, trouées, constellées de taches de graisse, de sang, de boue.

Le confort y est spartiate pour un commandant d'unité. Une simple table pliante, un lit de camp, une lampe-tempête et une malle ou il range l'ensemble de ses maigres biens.

Je le salue au garde à vous, comme je le ferais pour tout officier que je croise. Les officiers tiennent à ce qu'on les salue. Solokine sourit tout en fronçant les sourcils, comme pour me dire : laisse tomber. Cette distance que je place entre nous m'est nécessaire. Mes sentiments pour lui sont troubles, mon cœur ne parvient pas à se décider. Il m'offre un thé, j'en profite pour lui tendre la liste de mes doléances. Assis à sa table de travail, il l'examine avec autant d'attention que s'il s'agissait du plan de la prochaine offensive. Pendant qu'il tamponne et signe ma liste, je me surprends à regarder sa nuque. Sa peau est mate, lisse, sans aspérité. Quelques perles de sueur y naissent et scintillent. On étouffe sous cette toile de tente. Ses cheveux sont bien coupés, très court, quelques cheveux gris parsèment ses tempes. C'est du travail soigné. Le coiffeur des officiers est habile. Ce n'est pas la première fois que j'observe le capitaine à la dérobée, morceau par morceau. Je connais son profil, son nez, ses joues, son menton, ses sourcils. Je le découpe en autant de pièces que compte un puzzle. Je le fractionne sans raison, comme si je ne parvenais pas à le voir en entier, comme un tout. D'un seul tenant dirait papa. J'ignore ce qu'en penserait maman. Rien de bon j'imagine. Elle est plus dure que son mari. Elle est faite d'un bois plein d'échardes. Solokine me tend la feuille tamponnée à remettre au magasin. Si à cet instant il m'invitait à dîner, j'accepterais. J'ai honte de profiter de son affection pour moi en lui soutirant ce dont la section a tant besoin. Solokine ne lâche pas la feuille quand je la saisis et on reste immobiles un moment face à face.

« Dis-moi, Lenka, j'ai appris que tu avais écrit au colonel Koliakov pour qu'il t'autorise à participer aux combats en première ligne.

– Oui, capitaine.

– Pourquoi ne pas suivre la voie hiérarchique ? Je suis ton supérieur direct. Toute demande doit passer par mon bureau. »

Il sait très bien pourquoi j'ai agi de cette manière. Je n'avais pas d'autre choix. Solokine lâche la feuille.

« Vous m'avez interdit de combattre, capitaine. Et moi, je suis venue jusqu'ici pour décimer des Boches.

– Bon sang, Lenka Iegorovna, tu es désormais sous ma responsabilité, tu te souviens ? En outrepassant mon autorité, on dirait que tu cherches à me mettre dans l'embarras. Je ne comprends pas. Nous sommes amis ou je me trompe ?

– C'est vrai. Mais je préfère pour l'instant ne pas mélanger la guerre et l'amitié. »

Solokine pince les lèvres, puis détourne le regard pour boire une gorgée de thé.

« Naturellement, ta demande est refusée.

– Alors j'écrirai au général Lioudnikov, et si ça ne suffit pas, au général Tcherniakhovski. J'écrirai à Staline s'il le faut ! »

Solokine allume une cigarette et s'assied sur le bord de la table, une main dans la poche de son pantalon.

« J'ai une idée. Qu'est-ce que tu dirais d'une permission ? Tu as besoin de souffler. Et cette demande-là, crois-moi, ne te sera pas refusée. Pars quelques jours, les Allemands attendront. »

Il esquisse un geste vers moi, pose sa main sur mon bras, hésite avant de la retirer. Je mets fin à la conversation en le remerciant et je quitte la tente au plus vite. Le manque de confiance en moi m'empêche de me laisser aller, ne serait-ce que pour voir ce qui se passera ensuite. Cette timidité m'isole des autres sous une épaisse carapace. S'il m'embrasse, je ne vais pas en mourir. Le mieux est encore de me fier à ce que prétend Anna : une fille amoureuse perd la vie plus vite que les autres. Elle devient moins prudente, moins concentrée et commet des erreurs. Ici, elles sont fatales. Je ne veux pas commettre d'erreur. Je me rappelle alors un rêve que j'ai fait. Solokine m'offrait un bouquet. Des fleurs des champs. Nous étions à Berlin et il me tenait la main.

Le ciel se charge de nuages menaçants, les insectes volent au ras du sol. L'orage éclatera aujourd'hui.

Cet après-midi, je me mets en route avec Marina et Yevgenia. Macha préfère se reposer avant la grande offensive. Il y a eu un accrochage à quelques kilomètres, des blessés légers de notre côté et une débandade côté allemand. On va voir ce qu'il en est, au cas où des Fritz traîneraient encore dans les parages. Au loin, on aperçoit les faubourgs de Vilnius qui se découpent entre les collines. L'assaut sur la ville est pour bientôt, notre artillerie, qui vient enfin de nous rejoindre, se met en place.

On s'embusque à cinq cents mètres d'un petit pont de planches, entre des rochers sur une hauteur. Des panneaux indiquent encore les directions en allemand. Ce pont et la rivière qu'il enjambe marquent la frontière avec la zone ennemie. Tout est calme, nos canons ont tonné dans la matinée pour régler leurs tirs, semant l'autre rive de cratères dans l'herbe des champs, d'arbres couchés et d'éclats en tout genre. On distingue des corps étendus dans ce sol lunaire. Rien ne bouge. Au bout d'une heure, Marina et Yevgenia décident de se poster plus loin sur la droite, histoire d'avoir une meilleure vue sur la piste qui longe la berge opposée sur deux kilomètres avant de piquer dans les terres. Dans ma lunette, je vois une ferme, petit point blanc dans le lointain. Des vaches paissent dans un pré, tout là-bas. Je salive à l'idée de boire un verre de lait. Le bruit d'un moteur me tire de mes pensées et je pointe ma lunette sur la route. Un side-car ennemi, avec son pilote et son mitrailleur assis dans le panier, fonce vers le pont. Ils sont encore à plus d'un kilomètre de moi, hors de portée. Ce sont des feldgendarmes, je les reconnais à leurs plaques de métal scintillantes suspendues à leur cou. Soudain, le conducteur s'affale sur son guidon et la moto bascule dans le bas-côté. C'est un tir de Yevgenia. Le mitrailleur tente de s'extirper de sous l'engin, puis tombe, touché par un second tir, sans doute celui de Marina. La roue du panier tourne de plus en plus lentement jusqu'à s'arrêter. Le silence retombe sur la campagne. Je n'entends plus que le bruissement de l'eau qui m'attire à lui. Avec cette chaleur qui écrase tout, je sens la transpiration, j'ai bien besoin d'un bain. Je décide de descendre sur la rive pour me rafraîchir. Les filles couvrent la route, je ne crains rien. La berge est en pente douce, couverte de végétation. Je guette les environs un moment, puis je me déshabille pour entrer dans la rivière. Je garde mon fusil près de moi, posé sur une pierre. Je dois rester prudente. L'eau est délicieuse, j'en profite pour y plonger mes cheveux. Tout mon corps se détend, je me laisse aller dans le courant, bras et jambes étendus. Soudain, j'aperçois une tête qui émerge des hautes herbes et qui m'observe depuis l'ombre du pont tout proche. Je me rue sur mon arme et la braque vers la végétation. Le visage semble aussi effrayé que le mien. Mon cœur bat si fort que j'en perds le souffle. Je ne sais pas dire grand-chose en fritz, le strict nécessaire du soldat. Je crie :

« *Raus hier ! Raus hier ! Hände hoch !* »

Je vois alors deux bras émerger d'un coup des hautes herbes, puis quatre autres presque aussitôt ! J'ai trois Boches au bout de mon fusil !

Je suis à moitié nue, en culotte et soutien-gorge, tenant en joue trois Fritz. Je leur fais signe d'avancer, de sortir de sous le pont, les mains en vue au-dessus de leur tête. C'est bien ma veine. Ce sont mes premiers prisonniers et il faut que je sois à poil. Une fois à la lumière, je les distingue mieux. Ils sont jeunes, bronzés, et semblent avoir plus peur que moi. Une femme qui les menace d'une arme, c'est un événement nouveau pour eux. Ils se jettent des regards inquiets et effarés. J'en profite pour prendre mon pistolet, plus facile à manier, tout en me rhabillant. Je ne vais quand même pas les conduire au camp dans cette tenue. J'en entendrais pendant des semaines ! Une fois vêtue, avec mes grenades et mon couteau glissés dans la ceinture, mon fusil pointé vers les Fritz, j'ai bien conscience de ressembler davantage à un bandit qu'à un soldat. Du canon de mon arme, je leur demande de remonter le talus. Ils obéissent sans esquisser de geste belliqueux.

Une fois sur le pont, je sors la photo de ma sœur de ma poche et je la tends vers un des Boches. Il vient vers moi lentement, à petits pas craintifs. Soudain, il comprend ce que je lui demande et fait non de la tête.

« *Nein, nicht gesehen ! Nicht gesehen !* »

Je mime alors les ailes d'un avion avec mes bras, tout en ayant parfaitement conscience d'être ridicule. Les Fritz échangent des regards incrédules, parlent à voix basse. Dès qu'un bras fait mine de redescendre, j'épaule mon fusil et il remonte très haut, bien tendu.

« *Oh ! Jah ! Flugzeug !* » s'exclame alors le petit brun.

Leurs visages s'illuminent.

« *Hier, hier ! Flugzeug, kaputt !* » renchérit le plus maigre en pointant l'autre côté du pont.

Je réfléchis un instant. S'il y a un avion là-bas, je veux le voir. Je sais que c'est idiot, qu'il n'y a aucune chance que ce soit l'avion de Youliya, mais je ne peux pas m'empêcher de m'en assurer. C'est plus fort que moi. Traverser ce pont en territoire ennemi est une folie. Pourtant, je leur fais comprendre qu'ils doivent m'y conduire.

Nous voilà partis vers un bouquet d'arbres à travers le champ grêlé de trous d'obus. Je garde un œil sur le sol car près des cadavres encore frais gisent aussi leurs armes. Le premier des trois qui esquissera un geste vers elles prendra une balle dans le dos.

Nous marchons ainsi tous les quatre pendant plus d'une demi-heure jusqu'à la carcasse d'un chasseur, prise dans les branches. C'est un Yak-9, rien à voir avec le petit bombardier PO-2 des sorcières de la nuit. Je me sens ridicule. Youliya a disparu il y a plus d'un an maintenant, et sa zone d'action était bien plus à l'est d'ici, dans les environs de Smolensk. Je pourrais me gifler de m'être aventurée aussi loin de nos lignes pour une carlingue calcinée. Pourquoi suis-je aussi naïve ? Je cherche ma sœur et c'est moi qui m'égare. À moins que ce ne soit moi que je finisse par débusquer ?

Mes Boches, bras levés, semblent aussi déçus que moi. Je me demande s'ils comprennent ma détresse. Après un moment de flottement, je leur indique le chemin du pont. Retour au bercail.

Alors que nous refranchissons la rivière, eux devant et

moi derrière, je vois mes trois Fritz se murmurer des choses. Je crie :

« La ferme ! »

Le petit brun tourne alors sa tête vers moi et me demande, inquiet :

« *Gut oder Kaputt ?* »

Ça, je comprends. Ils veulent savoir ce qui va leur arriver maintenant. Je réponds seulement :

« *Gut.* »

Ils hochent la tête, rassurés.

L'orage éclate enfin, des bourrasques soulevant des nuages de poussière. Un peu plus loin, Yevgenia et Marina sortent des buissons, fusil en bandoulière.

« Lenka, tu cherches à gagner la guerre à toi toute seule ? » s'exclame Marina avec sa voix qui hésite entre le rire et le glapissement.

Yevgenia laisse passer les prisonniers avant de se mettre à ma hauteur :

« Quand on t'a vue traverser le pont vers les lignes des Fritz, on s'est demandé si tu n'avais pas perdu la boule.

– Ça va. Je voulais vérifier quelque chose. »

Elles se regardent à la dérobée, comme si j'étais folle.

« On a cru que tu allais les libérer !

– Tu vas encore nous voler la vedette, grogne Marina. Où t'as été pêcher ces trois gamins ?

– Dans la rivière. »

On rit toutes les trois, et mes Fritz se demandent bien pourquoi.

Au moment où je remets mes prisonniers à un officier du NKVD, sous la pluie battante, le plus jeune des soldats me baragouine quelque chose que je ne comprends pas.

« Qu'est-ce qu'il a dit ?

– Il te demande si tu es une vraie fille, me répond l'officier.

– Pourquoi ? J'en ai pas l'air ?

– La propagande fasciste leur répète que les filles soldats de l'Armée rouge sont des hermaphrodites, pas des femmes. C'est pour ça qu'il pose la question. »

Marina s'esclaffe :

« Il est mignon celui-là, s'il n'était pas dans le mauvais camp, je pourrais coucher avec lui et lui montrer qui je suis ! »

Autour de mes trois Fritz, tout l'attroupement de soldats rigole. L'officier du NKVD ordonne à ses hommes d'emmener les prisonniers.

« Félicitations pour votre courage, sergent-chef, on s'occupe d'eux maintenant. »

Je les regarde s'en aller, tête basse, inquiets et désorientés.

On nous répète que les Allemands ne sont pas humains. Quand je vois ces gamins apeurés, je me demande s'ils sont vraiment capables de faire du mal... Les quelques moments partagés avec eux, quand on cheminait dans la campagne, me laissent une drôle d'impression. Ces soldats me sont presque sympathiques. Et ce sont les seuls hommes à m'avoir vue presque nue. C'est bien ma veine !

Deux jours plus tard je reçois mon second Ordre de la Gloire, de deuxième classe cette fois. Trois médailles sont désormais accrochées à ma vareuse, à la place du cœur. Un nouvel article paraît. Je m'y habitue plus que les autres. La jalousie fait son retour. À moins qu'elle ne soit jamais partie...

10.

Les combats ont repris, pour mon plus grand bonheur. Vilnius est encerclée, on s'y bat depuis déjà six jours, sans presque dormir. Nos tanks ne sont pas encore arrivés qu'on nous expédie quand même dans la fournaise, à pied, sans appui. Solokine m'a dit que la ville est un point stratégique, autant pour nous que pour les Allemands. Le soir, je rentre dans notre abri pour manger et dormir un peu, puis je repars, toujours au milieu de la nuit pour ne pas me faire attraper par un officier. Je me cache, je rejoins les copains aux avant-postes par des chemins détournés. Je m'embusque dans des trous, sous des pans de mur effondrés.

Les filles me jettent des regards noirs. Je sais qu'elles désapprouvent mon comportement, mais je n'y peux rien. Le combat est tout ce qui me tient debout. Sans lui, je m'effondrerais.

Mon groupe reçoit l'appui de partisans lituaniens, qui nous guident dans un dédale de ruines. Parfois, on voit encore des civils qui cherchent à fuir, rasant les murs grêlés d'impacts. On se bat pour chaque maison, pour les prendre et les conserver. Les Fritz placent des canons en pleine rue et nous canardent sans arrêt. Leur garnison se défend bec et ongles. Nos morts se comptent par milliers.

Le soir, je rejoins Solokine dans une maison à demi écroulée où il a établi son avant-poste. Lorsque j'arrive, il est debout en tricot de corps, les bretelles de son pantalon descendues sur les hanches. Il puise de l'eau dans une bassine bosselée et s'asperge le visage, puis s'essuie avec un linge. En me voyant entrer par une large fissure dans le mur, il attrape sa vareuse et l'enfile. À la lueur d'une lanterne, assis sur des briques dans ce qui était auparavant une cuisine, il me fait partager ses rations américaines. Comme il ne parvient pas à me faire retourner à l'arrière, c'est sa manière de garder un œil sur moi. Entre deux bouchées, il me décrit la situation.

« Des renforts SS ont percé une brèche dans nos lignes d'encerclement et foncent vers la garnison allemande. On ne parvient pas à les déloger.

– Il va falloir tenir jusqu'à l'arrivée de nos tanks.

– Oui. Tu as l'air crevée, Lenka, pourquoi ne pas retourner avec ta section à l'arrière dormir un peu ? Il ne se passera rien cette nuit. Tout le monde souffle un peu. Même les Fritz. »

C'est vrai que j'ai grand besoin de dormir. Il m'arrive de voir trouble à travers la lunette de mon fusil tellement je tombe d'épuisement. Mon corps souffre de cette mise à l'épreuve permanente.

« Le repas est délicieux. Ça me change de la kacha et du pain sec. »

Solokine sourit. Il me parle d'avenir, me dit qu'il se verrait bien emménager avec une institutrice, après la guerre, dans un petit logement à deux pas d'une école. Je lui demande :

« Tu es d'où ?

– Je suis originaire de Stalingrad. Mais je n'ai pas eu

l'honneur d'y combattre. On m'a affecté au troisième front biélorusse après un regroupement dans les environs de Moscou. La vie est ainsi faite.

– Tu serais peut-être mort à Stalingrad.

– On ne le saura jamais. Depuis que je t'ai rencontrée, je crois que je suis sous la protection d'une bonne étoile.

– Une étoile rouge ? »

Il sourit de nouveau.

« Si tu étais moins sur la défensive, on pourrait faire plus ample connaissance... Envisager le futur. La guerre ne durera pas éternellement, tu sais ?

– Je ne doute pas que tu trouveras quelqu'un de bien. Une femme douce et aimante, tu le mérites. Moi, je ne suis pas certaine de survivre à tout ça. Je ne suis plus la jeune fille innocente que j'étais avant d'arriver au front.

– Bien sûr que tu survivras. »

Solokine m'observe avec intensité. Il est si bon avec moi que je ne sais plus quoi penser. Si je me marie, j'abandonne mes camarades, je me retrouve mutée à l'arrière, dans un bureau. Qu'est-ce qu'on pensera de moi ? Quel exemple je serai pour les filles ? Pour tous ces gens qui m'écrivent ? Certains jours, c'est vrai, j'ai envie de tout plaquer, de redevenir celle que j'étais, et l'instant d'après, je renonce, car je sais que je n'en serai pas capable. Le poids de tous ces gens que j'ai tués m'est insupportable. Je les traînerai toute ma vie, quelle que soit sa durée. Je dois poursuivre le combat, pour mes frères, pour ma sœur, pour tous ces gens qui croient en moi. Ces pensées m'épuisent. Je bâille si fort que Solokine doit voir le fond de ma gorge.

« Mange et va te coucher. Je t'autorise à revenir demain, si c'est ce que tu souhaites. »

Je m'aperçois que je bâfre comme un chien, le museau dans ma gamelle. Je ralentis pour ne pas donner à Solokine la vision d'une fille mal dégrossie. J'aime qu'il prenne soin de moi.

Après le repas, il me sert un thé brûlant avec du sucre. On le boit côte à côte, en silence, l'oreille tendue, nos armes à portée de main. Il ne cherche pas à m'embrasser, ni même n'esquisse un geste dans ma direction. Je ne parviens pas à savoir si son silence est une bonne ou une mauvaise chose. Je ressens un désir naître en moi, un élan aussi surprenant que déroutant. C'est étrange comme mon corps las et couvert des stigmates de la guerre parvient encore à éprouver des sentiments. Des gars de son unité passent prendre leurs ordres puis disparaissent dans l'obscurité. Vers minuit, je le remercie pour le repas et me décide à retourner dans ma section.

J'ai à peine parcouru deux cents mètres dans les ruines lorsque j'entends des tirs d'artillerie de petit calibre. Les obus tombent sur notre avant-poste. C'est là que j'ai laissé Solokine !

Je fais demi-tour, je cours la boule au ventre vers la maison que je viens de quitter. Je panique en découvrant à la place un tas de briques et de poussière. Des soldats tirent des corps de sous les amoncellements de gravats. Les balles traçantes des Fritz strient la nuit. Les projectiles crépitent et ricochent. Je me rue sur l'éboulement. Des gars me viennent en aide, écartent des poutres, creusent à mains nues dans le fouillis de plâtre et de briques. Soudain, j'aperçois une manche d'uniforme. Je dégage un bras, une épaule, un visage, affreusement inertes. C'est Solokine. Les autres se précipitent et m'aident à déblayer un espace suffisant pour tirer l'officier hors de sa prison. On l'extirpe des ruines, on lui tient les bras et les jambes, on l'évacue vers l'arrière. Soudain, il tousse, crache et insulte la terre entière. Il va bien, c'est un miracle. Lorsqu'il me voit, il me sourit. Derrière le masque de plâtre et de terre qui cache son visage, je ne vois briller que ses dents et ses pupilles. Alors qu'on le transporte jusqu'à l'antenne médicale, je ne peux m'empêcher de penser que j'aurais dû rester pour affronter cette épreuve avec lui. L'expérience du feu rapproche, c'est un fait.

Je reste à son chevet jusqu'à ce que le médecin, une grande et belle femme, me rassure sur son état. Excepté quelques égratignures, Solokine est indemne.

« Un vrai coup de chance, me dit-elle. Et c'est grâce à vous. S'il était resté plus longtemps sous les gravats, il serait mort étouffé. »

Dès l'aube, je retourne au combat, plus déterminée que jamais. Toutes nos forces se jettent dans la bataille. Je tue beaucoup d'Allemands, même au corps à corps. On se fonce dessus en criant, on se bouscule, couteau à la main, on se regarde dans les yeux, tout ce qu'on peut voir en un instant dans des pupilles, c'est saisissant. Toute la comédie humaine enfermée dans un regard, toutes les émotions réunies et, à la fin, je vois le reflet grimaçant de mon propre visage juste avant de frapper.

Les Allemands reculent enfin, laissant la ville à nos armées épuisées. À voir leurs visages ombrageux, je ne sais pas si les Lituaniens sont heureux de nous voir. L'ennemi a presque tout détruit, et nous pillons ce qui reste. Au bord des chemins, les paysans nous regardent passer avec étonnement et suspicion. Notre troupe a davantage l'allure d'une horde de brigands que d'une armée marchant en bon ordre.

La section a subi des pertes. Tania a été touchée durant les derniers combats. Une balle s'est logée dans son ventre. On l'a tirée jusqu'à nos lignes, elle ouvrait et fermait sans cesse sa belle petite bouche sanguinolente, comme le font les poissons hors de l'eau. Avant d'être évacuée vers l'hôpital, elle a longtemps réclamé à boire. Il a fallu tenir bon car on ne doit surtout pas abreuver les blessés touchés au ventre. La soif vaut mieux que la mort. Si elle s'en sort, elle aura droit à une longue convalescence et sera réaffectée. On ne la reverra sans doute plus. Émues, les filles et moi lui disons au revoir à l'arrière de l'ambulance.

Nina est morte. Sa bonne humeur s'en est allée. Elle a été prise pour cible par un tireur d'élite ennemi. Sans doute qu'un reflet a révélé sa position. C'est du moins ce que prétend Valentina qui se trouvait embusquée à proximité. La balle est entrée par son œil droit. Elle est morte sur le coup. Une seule erreur est fatale, je le leur répète tous les jours. Le soir, on a transporté son corps jusqu'à notre abri. On ne savait pas quoi en faire. Yevgenia et moi, on a enroulé Nina dans sa cape de pluie et on s'est couchées près d'elle. Je vais regretter cette petite blonde au caractère doux et sensible. Elena est enceinte et nous quitte pour un poste à l'arrière. On sanglote en se séparant, car tôt ou tard c'est ce que les filles finissent par faire. On chasse la tristesse comme on peut. Il faut s'endurcir si on veut tenir. Pour la perte de mes amies, je me suis mise à pleurer comme les autres. Je suis presque rassurée de ressentir encore ce qui s'apparente le plus à des émotions. Le lendemain, la section a enterré Nina dans un bois, au pied d'un grand aulne. On lui a dit au revoir et on a déposé un bouquet de fleurs sauvages sur la terre retournée, semblable à celui que Solokine m'offrait dans mon rêve. J'ai le cœur serré. Les filles reniflent et hochent la tête en silence. Ce silence est notre bien le plus précieux.

On attend maintenant les remplaçantes.

De ce dernier jour de combat, je garde des bleus et un assourdissant sifflement dans l'oreille gauche, résultat de l'explosion d'un obus à quelques mètres de moi. Ce bruit permanent me rend folle. Je préfère ne rien dire ou on m'enverra aussi sec à l'antenne médicale. Qu'est-ce que je pourrais bien faire allongée sur une civière ? Ce n'est pas pour moi.

Anna prend notre défense quand des officiers viennent nous engueuler à propos de l'inhumation de Nina. Il y a des règles à l'armée, et les sections de filles doivent les suivre comme tout le monde. « Si chacun fait ce qu'il veut, hurle un lieutenant-colonel replet, ce sera l'anarchie ! » J'en doute, mais je garde mon opinion pour moi. Si la guerre n'était menée que par des femmes, on serait déjà à Berlin. Seuls les hommes ont besoin de tout ce fatras de règlements absurdes. On leur dit quand se lever, quand se coucher, quand marcher et quand s'arrêter, quand manger, quand s'asseoir et saluer... Ils ont besoin d'instructions précises pour faire un lit, boutonner une chemise, savoir comment mettre un foutu pied devant l'autre. Ce sont des enfants qu'on mène à la guerre comme à l'école ou au travail, en rangs serrés. Pour nous, les filles, les choses sont différentes. On fait preuve d'initiative, on sait faire nos propres choix, nos arbitrages. On sait ce qu'on doit faire avant même d'en recevoir l'ordre. On est bien plus dégourdies. Les hommes ont besoin de cette discipline, on dirait que c'est dans leur nature. Notre aptitude à la liberté les dérange.

Après une longue et houleuse discussion, les officiers acceptent que Nina reste enterrée au pied de son arbre. Notre section totalise un si grand nombre d'ennemis tués que ça force le respect et aplanit les difficultés. Du moins pour cette fois.

Alors que nos troupes se préparent à avancer, je reçois mon ordre de permission. Je le refuse d'abord, mais le colonel Koliakov, dont le visage a pris une teinte proche du violet, me fiche presque de force dans un camion pour la gare. Je dois m'incliner. Tout un parcours a été organisé pour moi : je vais parler de mes exploits devant des parterres d'officiers, dans des écoles de tirs, des réunions du parti...

Après un long trajet en camion, j'arrive à la gare de Minsk et je monte dans un wagon à bestiaux égayé de quelques bancs et de civières. Je comprends qu'il n'y a pas de civils dans cette partie du voyage, rien que des blessés graves qu'il faut évacuer vers des hôpitaux de l'arrière. On embarque des infirmières et quelques pauvres gars enroulés dans de la gaze. Leurs gémissements ne m'empêchent pas de m'assoupir.

Je dors tout mon saoul, malgré l'air qui chuinte dans mon oreille, la tête coincée contre mon paquetage pour éviter qu'elle ne dodeline. Je refais surface à Moguilev lorsque le train s'arrête dans un affreux grincement d'essieux. La secousse me fait perdre l'équilibre. Par la porte entrouverte, j'aperçois des convois militaires blindés et hérissés de canons anti-aériens, déverser des flux continus de gamins en uniforme. Pour cent mille de nos gars tués il en vient un million. Les voies ont été réparées et sont de nouveau praticables. On me demande de changer de train pour prendre un convoi civil. Je crois que j'aurais préféré continuer avec mes camarades. Je ne sais plus rien des gens normaux.

Il règne une cohue indescriptible dans la gare, à travers laquelle je parviens à me frayer un passage jusqu'à un quai bondé. J'y croise le regard courroucé de matrones à l'air revêche, des femmes plus jeunes, avec toute leur marmaille dans les jambes et à qui j'ai envie de demander : qu'est-ce que tu fiches ici ? Où est ton sens du devoir ?

Tous ces gosses ont les joues creuses et le regard farouche. Des vieillards aux barbes hirsutes tiennent serré contre leur poitrine un maigre bagage, le plus souvent un carré de tissu noué aux quatre coins ou un sac de toile usé. Le prochain départ est pour Orcha, puis Smolensk, où une délégation officielle m'attend. Combien de temps pour arriver là-bas ? Quelques heures ou plusieurs jours ?

Après avoir observé mes médailles, un adolescent hirsute me demande :

« Combien tu as tué d'Allemands, toi ?

– Plus d'une centaine. »

Sa mère le tire alors à elle par la manche.

« N'écoute pas cette vantarde. »

Enfin, on nous autorise à monter. Le train s'ébranle par à-coups, les passagers se cramponnent. La vapeur crachée par la locomotive entre dans le wagon. Les sièges sont très inconfortables, de simples bancs de bois, mais c'est mieux que ce à quoi j'ai été habituée. Assis face à moi, un homme de l'âge de mon père, ou que j'imagine être de l'âge de mon père, me dévisage avec curiosité. Ses yeux ne cessent de passer de mes médailles à mon visage. Il se demande sans doute ce que j'ai bien pu faire pour les mériter. À ma gauche, six femmes discutent à voix basse en me jetant des regards mauvais, leurs enfants dans les jambes. J'ai troqué mon pantalon matelassé contre une jupe d'uniforme bleu marine. Mal à l'aise dans cet accoutrement, je tire dessus pour recouvrir mes genoux. Mes cheveux sont propres et attachés, mon calot est perché au sommet de ma tête, mes boutons de vareuse brillent. Koliakov m'a donné pour l'occasion toute une panoplie neuve dans laquelle je me sens prisonnière. Ça fait plus d'un an que je n'ai pas porté de jupe. Voir apparaître ma peau blanche entre les tiges de mes bottes et le tissu qui cache mes genoux me donne la sensation d'être nue. L'homme qui me fait penser à mon père esquisse un sourire puis regarde par la fenêtre ouverte. Il se gratte la barbe machinalement, sans prononcer une parole. Je somnole, les mains jointes sur mon fusil rangé dans un étui. Je n'ai pu m'en séparer. L'homme me regarde parfois, sans que je parvienne à deviner ses pensées.

Mon père, lui non plus, n'est pas bavard. Les mots ne lui viennent pas facilement. Le silence est son domaine. Il aime bêcher notre petit potager, s'arrêtant parfois, immobile et pensif, appuyé sur le manche de l'outil. Je le vois clopiner entre les rangs de haricots, de choux et de betteraves, sa pipe aux lèvres, l'arrosoir à la main. Il s'arrête devant chaque plant, chaque pousse, avec une égale et extrême attention. Je n'ai pas hérité de sa patience, mais de son courage, de sa vaillance. Il désherbe assis, concentré et méthodique, peine à se relever à cause de sa jambe. Il grimace sans jamais se plaindre. Chaque matin, pendant les beaux jours, il se lève avant le soleil et va s'asseoir sur une vieille chaise au milieu de sa verdure pour observer ses légumes comme un père veille sur ses enfants. Je crois qu'il est heureux dans ces moments-là, en paix avec lui-même. Il aime le sentiment de plénitude que lui procure la contemplation de son royaume. Ce jardin, c'est toute sa vie. L'hiver, il se poste à la fenêtre et regarde la neige qui recouvre son trésor avec tristesse. Je comprends aujourd'hui ce qu'il attend des semaines durant, maintenant que je connais tout de l'inconfort du front, un fusil à la main, animée par la seule force de donner la mort, lui qui fixe l'étendue blanche, si haute qu'elle a même englouti sa vieille chaise et sur laquelle le vent dessine des crêtes, oui, je comprends enfin que ce qu'il attend, c'est l'espoir.

Toute ma jeunesse, je me suis demandé pourquoi mon père gardait le silence sur la guerre, ou n'y faisait que de rares allusions qui épaississaient encore le mystère qui entourait les événements. On avait beau le questionner, mes frères et moi, il restait muet, sa jambe raide étendue devant lui, son regard bleu pâle dissimulé derrière la broussaille de ses sourcils. Oui, aujourd'hui, je comprends. Cet espoir tant désiré, c'est l'oubli, la promesse d'un avenir meilleur pour ses enfants. La fin des sacrifices, de la misère que la guerre apporte. Je regrette de l'avoir ennuyé avec mes questions de fillette égoïste.

Ma sœur avait deviné ses souffrances, jamais elle n'a cherché à savoir. Elle respectait son silence.

Alors que se dissipe le visage de mon père, j'entends chuchotés du côté des femmes les mots « pute à soldat ».

Surprise, je conserve la position de la fille qui somnole et je tends l'oreille. Elles parlent de moi, c'est certain, de moi et plus généralement des filles du front qui ne sont là que pour baiser et servir de repos du guerrier. À les entendre, les filles comme moi volent les maris des autres, *là-bas*, au front, les maris de celles qui s'occupent des gosses, qui survivent avec la maigre paie du soldat qu'on va chercher chaque mois au bureau postal auprès de l'officier payeur. Qu'est-ce qu'elles savent du front ? Elles imaginent qu'on passe le temps à flirter ? Oui, à les entendre, le front n'est qu'un immense bordel à ciel ouvert.

« C'est quoi ces médailles ? dit l'une.

– On les gagne comment ? poursuit l'autre.

– À l'horizontale ? ricane la troisième.

– C'est de la viande à soldat, dit une femme assez âgée pour être ma mère. Il doit s'en passer de belles là-bas pendant que nous on sue sang et eau pour survivre.

– Et puis, elle est vulgaire, trop blonde pour être honnête.

– Elle n'est pas si jolie, mais avec ses yeux bleus, ça doit bien suffire pour ce qu'elle fait là-bas. »

Là-bas. Ce là-bas revient souvent pour désigner le front. C'est un là-bas nébuleux, imprécis, censé englober une réalité que ces femmes ont bien du mal à se représenter. C'est le lieu vague et lointain où leurs hommes meurent. Un pays à la fois magique et mystérieux, comme ceux des contes. Ça ne ressemble pas à l'endroit que je connais, où on marche sur les cadavres, les tripes éparpillées, les bras et les jambes arrachés, où on patauge parfois dans le sang jusqu'aux chevilles tant il coule, où la boue et ce sang se mêlent en une pâte puante qui colle à votre peau et qu'on a beau frotter à s'en arracher l'épiderme, l'odeur y reste imprégnée, où les cris d'agonie vous paralysent, vous terrifient, et où chaque soir on s'étonne d'être encore là. J'ai envie de leur dire : *là-bas*, c'est ça. Mais je me tais. Ces femmes sont cruelles. Elles n'ont aucune idée de ce qu'on fait pour la patrie, des sacrifices consentis. Oui, là-bas, des filles tombent amoureuses, elles en ont le droit, le droit d'aimer, de se tromper, de coucher, rien qu'un soir ou davantage, de pleurer, d'avoir des remords. Pourquoi pas elles ? C'est toute la question. Est-ce que le fait d'apprendre à tuer nous interdit d'éprouver les mêmes sentiments que celles de l'arrière ? Ce n'est pas le genre de discussion que je peux avoir avec les femmes assises à ma gauche. Il leur manque l'épreuve du *là-bas*. Alors je me tais, oui, j'extirpe mon abondant courrier de mon sac de toile et me sers de mes genoux comme écritoire.

Je découvre une lettre d'Andreï, mon copain du lycée technique. Il me demande si je vais vite rentrer, si je suis d'accord pour le revoir, et l'épouser. J'en reste sans voix. Je me souviens à peine de lui. Comment peut-il croire qu'il suffit de quelques mots tracés sur du papier pour lui appartenir ? Qu'est-ce qu'ils ont tous à vouloir se marier ? Depuis peu, il y a aussi cet adjudant de cavalerie, Goudkov, qui me fait monter à cheval et avec qui je m'entends bien. Lui au moins ne parle pas mariage. Il ne cherche à obtenir qu'une chose des filles… Solokine prend un air contrarié dès que je parle de lui. Je sais bien ce qu'ils attendent de moi… Pour l'instant, je ne crois pas être capable de le leur donner. Même par jeu. Et de qui sont-ils amoureux, d'abord ? De quelle Lenka ? De l'image imprimée ou de la véritable moi ? Ils ne savent rien de mes désirs, ils se contentent de projeter les leurs sur la silhouette publique que je suis devenue. Et moi, ce que je veux, qui s'en soucie ?

J'apprends par Andreï qu'il sera présent à l'une des conférences que je suis censée donner, qu'il espère que j'aurai un peu de temps à lui consacrer à cette occasion. Il écrit sa fierté d'avoir été brièvement mon petit ami. Ce n'est pas le souvenir que j'en ai. Un baiser et voilà tout. Pas de quoi en tirer de conclusions. Je referme la lettre, la glisse dans l'enveloppe. Je répondrai plus tard. À ma gauche, les bavardages continuent comme si je n'étais pas là. Je suis un fantôme. L'homme à la barbe poivre et sel écarte brièvement les mains comme pour me dire *c'est comme ça, voilà ce que nous sommes devenus*, puis reporte son attention sur le paysage. J'étouffe. J'avais imaginé un accueil différent. Un accueil digne d'une combattante émérite. Pas de l'admiration, c'est beaucoup demander, mais au moins du respect. À la place, je ne reçois que des crachats. Mes craintes se matérialisent ici, dans ce wagon, elles prennent la forme de femmes aussi quelconques que mauvaises. Ça me terrorise. Nous sacrifions notre jeunesse pour protéger celle de leurs enfants. Est-ce qu'ils nous le rendront ? Certainement pas. Je sais maintenant qu'à notre retour, nous serons accueillies avec méfiance, avec mépris. Nous serons rejetées, condamnées à vivre seules, dans la honte, chassées ou remisées dans un passé oublié. Franchement, autant mourir tout de suite. Et qu'ils se débrouillent sans nous. Je leur laisse volontiers cet avenir mesquin, triste et sans gloire.

Écœurée, je rassemble mes affaires et me lève d'un bond. Je comprends que je suis incapable d'aller plus loin. Je ne supporte plus de croiser les regards soupçonneux. Je profite d'un ralentissement du train pour sortir dans l'espace entre deux wagons. Juste avant de sauter, j'entends l'homme dire aux femmes :

« Sorcières, c'est Lenka Chlakova. »

Je glisse le long du ballast jusqu'au bas du talus. Je ramasse mes affaires éparpillées et mes fesses râpées. Le train reprend de la vitesse et s'éloigne sans moi. J'enfile un pantalon et je fourre l'affreuse jupe au fond de mon paquetage, je jette l'étui de mon fusil, devenu inutile et je marche dans la direction opposée, vers le front. Je sais que je vais me faire engueuler. Dès que le comité d'accueil ne me verra pas descendre du train à Smolensk, ça va déclencher tout un foin. Et quoi ? Qu'est-ce qui pourrait m'arriver de pire que de me retrouver face à une salle pleine de galonnés ?

Je marche quelques kilomètres le long de la voie ferrée, je ne sais pas combien exactement. Ça n'a aucune importance, mes jambes ont l'habitude des longues marches. Dans les champs alentour reposent des carcasses de tanks. Enfin, je tombe sur une route à peine carrossable. Une de ces routes de terre qui deviennent des fleuves à l'automne et au printemps. Une route de chez nous. Assoiffée, le visage rougi de soleil, j'entends les bruits de moteurs qui s'approchent. Deux camions poussifs sortent de derrière un pli de la route dans un nuage de poussière. Ils sont rapidement à ma hauteur. Deux camions remplis de soldats dont les têtes passent sous les bâches. Des sifflets m'accueillent. Le passager du premier camion se penche à la portière.

« Eh, frangine, où tu vas comme ça ?

– Salut camarades, je vais vers le front. Vous m'emmenez ? »

Après un léger flottement, le chauffeur se penche pardessus le passager.

« Monte ! »

Je balance mon paquetage aux gars serrés à l'arrière et je saisis la main qui m'aide à escalader.

« Putain de merde, crie un jeune gars, c'est Lenka Chlakova !

– Arrête tes conneries, dit un autre, qu'est-ce qu'elle foutrait là ? »

Deux rangées de gars me dévisagent. Le jeune soldat tire un journal du front de son sac et montre à tous la photo de moi qui occupe la première page. Le papier passe de main en main, oui, c'est bien moi, moins retouchée que sur l'article, c'est vrai, mais c'est moi.

« Quand je vais raconter ça, dit un sergent depuis le fond du camion, personne ne voudra me croire. »

Les gars se serrent pour me laisser une place, me tendent un biscuit, une gourde d'eau fraîche. Je me sens chez moi.

11.

Les avions de reconnaissance allemands nous survolent, lâchent des tracts sur nos premières lignes. En résumé, ça dit qu'il faut se rendre, que Staline et nos généraux nous mentent, que la guerre est perdue. Changez de camp avant qu'il ne soit trop tard ! Certains de nos gars ont déserté depuis le début de l'offensive, ça fait réfléchir. Après ces largages, les officiers politiques sillonnent nos positions, arme au poing, menaçant ceux qui ramassent les tracts d'être abattus sur place. Personne ne prend les ordres des politrouks à la légère, ils ont tout pouvoir sur le front. Il faut dire que nos pertes sont immenses, et les remplaçants sont de moins en moins bien préparés. On voit arriver de pauvres gars, des locaux engagés de force à qui on colle un fusil entre les mains et qu'on pousse vers l'avant sans la moindre formation. Ceux-là foutent le camp au premier coup de feu, s'éparpillent apeurés, se taillent ventre à terre sans se retourner, plantant là leurs camarades. Et qu'importent les menaces, ils filent et jettent leurs armes. Une bande de froussards dépenaillés. Le soir, on les retrouve recroquevillés, le regard vide, tremblant de la tête aux pieds et puant la pisse. Voilà la vérité.

Les remplaçantes de la section, tout juste sorties de l'école, débarquent au milieu de cette horde crasseuse en manque de filles. On les reconnaît à leurs cheveux coupés court, leur nez en trompette et leurs joues encore remplies. C'est à ça que je ressemblais en arrivant ici, à un bébé joufflu. Le genre de gamine qu'on a envie de faire sauter sur ses genoux. Elles se confrontent brutalement à la fringale de ces gars, sourient nerveusement devant ces milliers de soldats hagards qui les dévorent des yeux. Bien sûr, elles sont encore inexpérimentées, mais elles sont courageuses. Elles ont peur, c'est normal, mais sont pleines de ressources et de bonne volonté. Si elles survivent à leur premier combat, elles deviendront des tueuses impitoyables.

La haine quotidienne, c'est ce qui nous tient debout. Le Fritz doit être exterminé, aucune pitié ne doit lui être accordée. La haine nous motive, surtout dans les moments où l'on flanche, ou l'on doute, ou la fatigue est telle qu'on pourrait s'endormir pour toujours. Oui, la haine des fascistes agit sur nous comme un afflux d'adrénaline.

Le soir, en nettoyant mon fusil, je chante pour les nouvelles :

L'hôte indésirable n'y échappera pas ;
Il ne reverra jamais sa demeure…
Ô, mes brumes, mes profondes brumes !
Ô, ma chère patrie !

Elles savent que le baptême du feu est pour bientôt. Elles s'endorment, rongées d'angoisse, comme moi il y a un an.

À mon retour, je me suis cachée, j'ai traversé nos positions de nuit, de poste en poste, pour échapper à la vigilance des officiers. Tapie dans les cratères d'obus ou les ruines des avant-postes, je me sens chez moi. Les gars sont heureux de me voir à leurs côtés, ils ne posent pas de question.

J'ai réussi à esquiver l'appel trois jours seulement avant d'être rattrapée. D'abord par Solokine, toujours lui, qui m'est tombé dessus à l'aube, juste avant un assaut. Le visage fermé, il m'a conduite comme une gamine jusqu'au colonel Koliakov, qui m'a passé un sacré savon. J'ai fait faux bond à la hiérarchie, j'ai manqué à mes obligations. Les officiers généraux tournés en ridicule... Je me tiens droite pendant l'orage, puissant tonnerre à la mesure de l'engueulade que Koliakov n'a pas manqué de subir lui-même. L'armée est comme une échelle, ça monte et ça descend.

Comme promis, j'ai écrit au général de notre division pour être réintégrée en première ligne. C'est mon seul désir. Punie dix jours, je les ai passés à répondre à mon volumineux courrier depuis un petit bureau attenant à celui d'un politrouk. Pas un instant, il ne me quitte des yeux. Cerbère en personne.

Je parviens parfois à m'échapper, on ne se refait pas, pour une balade avec Goudkov. On trotte dans la campagne, passe auprès de fermes où les paysans moissonnent, nourrissent leurs bêtes. Les gens se découvrent sur notre passage, craintifs. À leurs yeux, Fritz ou Bolcheviques, c'est la même peste. Des pillards qui les dépouillent du peu qu'ils ont. En libérateurs, on fait boire nos montures dans leurs abreuvoirs. Goudkov parvient à me distraire. Il est originaire d'une famille de paysans qui ressemble à la mienne, c'est peut-être pour ça que je me sens avec lui en terrain connu. Il ne se fâche jamais, même les fois où j'ai dû le repousser. Il n'aime que les chevaux et les filles faciles. Le moindre obstacle sentimental l'effraye. C'est une âme de paysan que la subtilité de l'amour rebute ou désarçonne. Il ne cherche pas plus loin. Si je lui refuse un baiser, il court aussitôt vers une autre. Je dois rapidement remonter en première ligne ou je vais crever de chagrin. Solokine, lui, c'est la noblesse de l'âme, toujours guidé par sa nature honnête et grave. Il ne s'aperçoit même pas qu'il ne se préoccupe que de son propre bonheur. Il attend quelque chose de moi et imagine que ça ne peut être que réciproque. Il pense sans doute que ma punition est méritée, même salutaire. Solokine est bien élevé, ce n'est pas une brute, il reste pourtant un officier, avec qui il faut composer. J'ignore jusqu'à quel point il acceptera d'être repoussé avant de me punir. Aucun ne me comprend. C'est triste et j'en souffre. Ils ne pensent pas aux sentiments des filles, ils cherchent à profiter d'elles. Je ne leur raconte pas la mésaventure survenue pendant ma courte permission. Ni l'un ni l'autre ne comprendrait à quel point ces femmes, pourtant mes compatriotes, pour qui je me bats et risque ma vie, étaient glaçantes.

Enfin, je reçois une convocation du général Lioudnikov.

C'est un homme robuste, la quarantaine passée, au front large et aux cheveux noirs et brillants, affublé d'une minuscule moustache qui se confond avec l'ombre portée de son nez. Installé derrière son bureau, sourcils froncés, il tient à la main mon courrier avec l'air d'un paternel qui contient sa colère. Son cendrier déborde de mégots qui dévalent ce monticule de tabac froid et s'éparpillent entre les dossiers. Koliakov est debout à mes côtés, attendant le verdict.

« Alors c'est toi l'emmerdeuse de la trente-neuvième armée ? Mon armée ? »

Je me contente de hocher la tête, ce qui agace Koliakov qui se racle la gorge. Le général repose le courrier et allume une cigarette.

« T'es une foutue épine dans ma botte. Qu'est-ce que je vais bien pouvoir faire de toi…

– Me renvoyer au combat, camarade général.

– Te renvoyer au combat ? Ton capitaine te l'a interdit, tu n'en as pas tenu compte. Tu as écrit à ton colonel, qui t'a fait la même réponse. Tu n'en as pas tenu compte. Maintenant, c'est moi qui reçois ta demande… Si je refuse, tu écriras au patron en personne ?

– C'est bien mon intention, camarade général. »

Koliakov s'étouffe de colère et de désespoir. Lioudnikov secoue la tête, désemparé. Il me fixe droit dans les yeux, cherchant sans doute à jauger ma capacité à l'emmerder davantage.

« Très bien, finit-il par abdiquer. Après tout, si tu veux te battre, qui suis-je pour t'en empêcher ? C'est au moins un argument que le commandement peut accepter, parce que tu vois, sergent-chef, ta courte virée en permission a foutu un bordel que tu n'imagines pas. Joukov a appelé Tcherniakhovski, qui m'a appelé. Me faire engueuler pour une petite emmerdeuse à peine sortie des jupes de sa mère, ça passe mal. Tu comprends ce que je te dis ?

– Oui camarade général.

– Bien. Je t'autorise donc à retourner te faire tuer, puisque c'est ce que tu veux. Si jamais j'entends encore parler de toi, si tu me crées, à moi ou à tes supérieurs directs, le moindre emmerdement, je te renvoie chez ta mère. Et maintenant, disparais. »

Koliakov et moi saluons et sortons sans un mot. Une fois dehors, le colonel prend une longue inspiration, comme s'il était resté longtemps en apnée. Fanfaronne, je lui dis :

« Ça ne s'est pas si mal passé.

– Boucle-la Chlakova. »

Le soir, de retour au camp, je dîne avec Solokine.

« Tu es contente ? Je ne pourrai plus désormais t'empêcher de jouer les têtes brûlées.

– J'ai déjà eu droit à un sermon. Parlons d'autre chose.

– Comme tu veux. Dis-moi, ce Goudkov, tu l'apprécies ?

– Un peu.

– Il n'a pas très bonne réputation auprès des femmes...

– Je m'en suis aperçue. C'est un beau parleur. »

Je mâche un morceau de viande dur comme du bois tout en le guettant du coin de l'œil.

« Tu sais, on n'est pas là que pour la guerre. Il faut penser à l'avenir. Faire des projets, c'est bon pour le moral, ça évite de se laisser submerger par des pensées morbides. L'Allemagne sera vaincue, tôt ou tard. C'est une certitude. Il n'y a qu'eux qui s'accrochent encore à l'idée que le cours des choses pourrait être différent.

– Il ne le sera pas ? Tu en es sûr ?

– Certain. Les Alliés sont en Italie, en France. Nous sommes entrés en Pologne, en Roumanie, en Hongrie... Les Fritz sont pris en tenaille. Ils n'ont pas les ressources nécessaires pour se battre sur tous les fronts. Rien ne pourra plus les sauver. »

L'avenir. C'est bien difficile d'y croire à l'avenir. Quand on est soldat, on voit les choses de tout en bas, au ras du sol, depuis les masses qui meurent par centaines de milliers. Difficile de tirer des plans sur la comète, de s'imaginer en habits civils, avec mari et enfants. Qui me dit que Solokine n'est pas en train de me baratiner ? Je me souviens qu'il m'a affirmé ne pas être marié. Ça ne veut pas dire qu'aucune femme ne l'attend chez lui. Et si c'était le cas, il ne m'en dirait rien. Pourquoi le ferait-il ?

Je lui avoue la raison de mon retour en douce. Mon silence à ce sujet me fait passer pour une fille écervelée, capricieuse et instable. C'était un coup de tête, un vertige, l'impossibilité tant physique que morale de poursuivre mon voyage. Les femmes horribles, réunies en tribunal. J'avais honte, j'étais en colère. Plus jamais je n'irai en permission. Plutôt mourir. Il hoche la tête, dit qu'il comprend. Mais que fuir ne me ressemble pas. On me déteste pour les mêmes raisons qu'on m'admire. C'est déroutant.

« Pour l'état-major, tu es devenue un problème, me dit Solokine. Et tu sais comment l'armée règle ses problèmes ?

– Tant pis. Je me suis engagée pour combattre, pas pour donner des conférences. Je suis une piètre oratrice. »

Solokine approuve, pose sa main sur mon bras. Soudain, il me dit :

« J'ai peut-être de bonnes nouvelles concernant ta sœur. »

Je tressaille.

« Pas de quoi s'emballer, mais nos troupes ont récemment libéré des camps de prisonniers en Pologne, dont un où il n'y avait que des femmes. Des Soviétiques, des Polonaises... Peut-être que ta sœur se trouve parmi elles.

– On le saura quand ?

– Difficile à dire, tu sais comment ça se passe... Le bureau politique se méfie des libérations de prisonniers trop rapides. Il craint que des espions se glissent parmi eux, des soldats de chez nous qui auraient retourné leur veste... Les traîtres, c'est la hantise du patron.

– Tu me diras ce que tu apprends ? Quoi que ce soit ?

– Je te le promets. Le plus probable est que les prisonnières soviétiques soient isolées pour être interrogées par le NKVD. Ça pourrait être long. »

Mon cœur bondit dans ma poitrine. L'espoir me torture. Voilà que Youliya reprend vie, je l'imagine amaigrie et crasseuse, tenant tête à ses gardiens. Je pense à la joie de mon père, de ma mère, quand ils la verront sur le pas de la porte, réchappée de la guerre.

Assis à côté de moi, Solokine passe son bras autour de ma taille. Je laisse ma tête reposer sur son épaule. On reste comme ça de longues minutes, collés l'un à l'autre. Il me glisse un mot ou deux au creux de l'oreille, mais je n'entends que le sifflement de ma blessure.

Je me répète chaque jour que je suis prête à mourir s'il le faut. Faire le sacrifice ultime. Qu'est-ce que ça veut vraiment dire ? On peut se le dire quand tout va bien, ça n'engage à rien. On peut se mentir, tromper sa conscience, se persuader que la mort n'est rien. Qui n'a jamais triché avec sa conscience ? J'ai mal aux jambes, aux pieds, au ventre aussi parfois. Ces maux sont supportables. Mais si je suis blessée, si je souffre comme je vois certains camarades souffrir, leurs bouches tordues, leur corps baignant dans le sang qui s'écoule hors de leur ventre, est-ce que je continuerai à prétendre la même chose ? Je ne sais pas. Le combat m'exalte. J'en veux toujours davantage.

Plus j'y pense, quand je marche sur les chemins avec mon fusil, à l'ombre des arbres, invisible dans ma tenue de camouflage, plus je comprends que c'est ma sœur qui occupe mes pensées, elle qui guide mes pas et mes décisions.

Youliya n'a que quatre ans de plus que moi, mais c'est un monde qui nous a toujours séparées. Les années se resserrent à mesure qu'on vieillit, c'est vrai, encore faut-il en profiter. Elle est partie à l'école de pilotage trop tôt, alors que j'étais encore une petite fille bagarreuse. J'étais pleine d'admiration pour elle et je n'ai rien dit. Je l'ai laissée partir, refusant de lui dire au revoir. Je pensais pouvoir la dépasser un jour, montrer à tous à quel point ma volonté pouvait égaler la sienne. Mais comment lutter contre le destin ? Disparaître lui a conféré un statut d'héroïne et l'a auréolée d'une aura de mystère contre lesquels je ne suis pas en mesure de lutter. Le mystère surtout. Il dépasse tout ce qu'on peut atteindre par la seule force de la volonté. Le mystère est religieux. Impénétrable voile qui sépare le réel du divin.

Et si je meurs au milieu de tous, j'aurai échoué à la retrouver.

Cette nuit, roulée en boule dans un fossé, accrochée à mon fusil, je rêve de Youliya. Elle se tient debout devant moi, me regarde avec un air de reproche. Elle me murmure : « Lenka, tu m'as oubliée. »

12.

Août se termine, les nuits rafraîchissent, l'été file en douce. On a parcouru presque sept cents kilomètres à pied durant l'été, sous une chaleur écrasante. La frontière de la Prusse-Orientale est toute proche. L'Allemagne tant redoutée. Qu'est-ce qu'on trouvera de l'autre côté de cette frontière ? Tout le monde s'interroge.

Dans les bois autour de Kaunas, dernière grande ville de Lituanie enlevée aux Boches, on découvre des charniers, des centaines de corps empilés, laissés en proie aux animaux sauvages. Notre chef de bataillon nous fait visiter les sites, histoire qu'on en conserve les moindres détails en mémoire.

Les Allemands reculent sans être vaincus. Ils s'enterrent, se barricadent, creusent des fossés, des lignes de défense fleurissent en une nuit, hérissées de trépieds de poutres d'acier infranchissables.

Une unité du génie nous accompagne vers nos nouveaux quartiers, un ensemble de fermes abandonnées. Tous les bâtiments sont passés au peigne fin, chaque objet scruté à la loupe. Les Allemands piègent tout derrière eux. On ne compte plus les camarades déchiquetés par imprudence. Ça arrive en ouvrant la porte d'une maison ou le foyer d'un poêle, en remontant le seau d'un puits, en soulevant une chaise ou un appât comme des rations intactes. Une fois notre espace sondé, on nous laisse la place. On se baigne dans des tonneaux remplis d'eau tiède entre filles, on raccommode nos uniformes, nettoie nos armes, compte nos munitions. Macha et Valentina reviennent de leur chasse tirant une vache au bout d'une corde. Macha rapporte des poires plein son casque. Le lait tout juste tiré des pis nous réconforte. Macha traîne aussi depuis quelques jours un petit chien noir, un corniaud hirsute. Il s'attache à ses pas, remuant de la queue, la truffe en l'air. Elle partage ses repas avec lui et, parfois, je l'aide en lui donnant un peu de mes rations. Je ne veux pas qu'elle s'affame pour cette bête affectueuse. Fritz, c'est le nom qu'elle lui a donné, lui lèche les doigts et le visage. C'est répugnant. Je ne suis pas gênée d'avoir à fermer les yeux d'un mort ou de patauger dans le sang, mais me faire lécher la figure par un chien, ça me file la chair de poule. À la maison, on n'a jamais eu de chien. On jouait avec celui du voisin, une grosse bête débonnaire aux yeux mouillés. Papa n'aime pas les chiens, il se méfiait d'eux et les tenait loin de lui. Il disait que ces bêtes ne sont pas si fidèles qu'on le prétend. Mes frères et moi, on ne comprenait pas ce qu'il voulait dire. Mais depuis que j'ai vu des chiens dévorer des cadavres sur le champ de bataille, j'ai compris. Les chiens sont comme les mouches.

Irina, une gamine originaire d'Odessa, nous raconte comment un lieutenant l'a forcée à l'embrasser avant de baisser son pantalon. Par chance, des soldats passaient par là et le type, dérangé, s'est arrêté. Elle pleure de honte. Bienvenue au front. Anna lui demande de se taire, de ne pas faire d'histoires avec les officiers. Ça fait mauvais genre, ça discrédite la chaîne de commandement. Pourtant, ces comportements sont la honte de l'Armée rouge. Le plus difficile à avaler, c'est que dès que la guerre sera terminée, tous ces gars retourneront vers les filles saines de l'arrière, les jolies filles aux mains propres, qui n'ont assassiné personne. Valentina nous répète qu'elle ne dira rien sur ce qu'elle a fait ici, préférera mentir pour conserver ses chances de retrouver une vie normale. Elle brûlera son carnet de tir, ne dira rien à ses enfants restés avec sa mère, ni à l'homme qu'elle choisira. Pour ma part, je doute qu'on puisse retrouver une vie normale. Celles qui y croient se bercent d'illusions. Après tout, pourquoi pas. C'est comme le dit Solokine, il faut penser à l'avenir, échafauder des plans, rêver de ce que sera le monde d'après. Ça permet aux optimistes de tenir. Les autres n'ont qu'à broyer du noir.

Ce matin, on se prépare une fois encore à monter à l'assaut. Une colline à prendre. Une de plus. Celle-ci est couverte d'herbe, pas un relief où s'abriter. Une route la contourne, c'est pour elle qu'on doit prendre cette hauteur, pour sécuriser le passage. Tapie dans les fourrés, notre unité attend le signal de l'officier. Les filles sont restées à l'arrière, je suis la seule parmi les premiers rangs. Un insecte noir et brillant se pose sur le dos de ma main et arpente ce carré de peau. Je n'y connais rien en insectes, pour moi, tout ressemble à un scarabée. Une carapace, des antennes, des pattes griffues qui s'agrippent à mes doigts. Il poursuit sa balade vers la manche de ma vareuse, escalade l'épaisse couture, sans se soucier de moi. Nous vivons dans deux dimensions. Peut-il détecter la tension qui comprime l'air autour de nous ? Tout est silence. Les gars ont le visage fermé, mâchoires serrées, usés par trois mois de combats.

Soudain, le sifflet retentit. On jaillit du fossé, environ quatre-vingts fantassins, la première vague. On court vers le monticule. Au loin sur la droite, sous les arbres bordant la route, nos tanks s'engagent dans un champ pour prendre la position allemande en tenaille. On grimpe en désordre, on court pour être le premier à atteindre le sommet. Soudain, on entend tonner des canons, sifflements aigus d'obus, je vois un de nos tanks voler en éclats. Il se disloque, sa tourelle s'envole dans un jet de flammes avant de retomber en s'enfonçant dans la terre meuble. La chaleur est si intense que la carcasse se met à fondre. Des silhouettes incandescentes s'extirpent du métal rougeoyant pour s'effondrer après quelques pas.

J'arrive au sommet avec une poignée de soldats. Je comprends alors que les Boches nous attendent avec tout un arsenal. D'énormes panzers se ruent sur nos tanks, leurs pots d'échappement crachant d'épais nuages de diesel dans un grondement d'enfer. J'en compte au moins vingt, soutenus par des blindés plus légers. Plus d'un millier de fascistes se tiennent là, tapis dans des fossés antichars, des tranchées, prêts à nous recevoir. Trois panzers montent la colline, la terre tremble sous nos pieds. Le cliquetis de leurs chenilles nous étourdit. Il faut dégager ! Un mur de feu se déclenche, les Allemands nous canardent. On se couche au sol. Un coup d'œil en arrière, je vois notre deuxième vague courir vers nous. Quelle pagaille. Je hurle de reculer, trop tard, un char fonce sur nous, écrase cinq de mes camarades. Je me couche sur le sol, rentre la tête dans les épaules. Le tank roule droit vers moi, je rampe pour échapper à ses chenilles et aux rafales de sa mitrailleuse. Nos tanks ripostent, se jettent dans la mêlée, les panzers stoppent, reculent. Les fumées noires des engins en flammes masquent le paysage. J'entends les cris des Fritz qui courent vers nous. Je cherche mes grenades mais je m'aperçois que je les ai encore perdues en rampant. J'épaule mon fusil, je tire, les premiers fascistes tombent. Mes camarades foncent au contact, les balles pleuvent, je ne parviens pas à relever la tête tellement l'air est chargé de métal. À six mètres de moi, le panzer est touché. Cinq tankistes en jaillissent, je les abats tous, la rage au cœur. Je me réfugie derrière la carcasse, quatre soldats me rejoignent. La chaleur du brasier grille nos visages. Les fascistes courent vers nous, on les canarde sans faiblir. Les gars s'élancent vers l'ennemi et s'écroulent aussitôt. Je suis seule. Je ressens alors une douleur atroce dans l'épaule droite. Mes yeux s'emplissent de larmes. Je hurle de douleur. Je suis touchée. C'est la première fois que je sens la morsure d'une balle. Le sang coule à gros bouillons de la plaie, une tache grandit sur ma vareuse percée. Je serre les dents, m'agrippe aux touffes d'herbe tendre. Je dois fuir. Je me traîne sur le sol, la bandoulière de mon fusil passée autour de mon cou. Les Boches s'approchent malgré le feu nourri de nos gars. Je rampe, la bouche sèche, des étoiles dansent devant mes yeux. Mon épaule me lance, je suis prise de vertige, de nausée. Je sens une main empoigner ma cheville, puis l'autre. On me tire en arrière. Affolée, je saisis mon pistolet, le Walther allemand, je bascule sur le dos et tire au hasard. Je reçois un violent coup de crosse en plein visage. Ma mâchoire craque, le sang coule sous ma langue, inonde ma bouche. Tremblante, je pointe le canon de mon arme vers ma tempe, pas question de tomber entre leurs mains. Soudain, les Allemands reculent, la poigne enserrant mes chevilles s'évanouit. Le visage de Solokine apparaît à l'envers au-dessus de moi. Deux gars l'accompagnent. Ils me soulèvent par les aisselles, me tirent vers nos lignes, en bas de la colline. J'entends des cris, des rafales qui claquent, le métal en fusion qui se tord, je brûle moi aussi, je suffoque, mon bras inerte pendouille lamentablement sur le sol, je ne le sens plus. J'essaye de l'apercevoir, de m'assurer qu'il est encore là, attaché à moi. J'ai peur. J'ai peur qu'il se détache, qu'il tombe et qu'on le laisse là. Je ne veux pas perdre mon bras, je ne veux pas être mutilée. Mourir, oui, mais invalide, c'est au-dessus de mes forces. Je pleure alors que je me sens soulevée du sol. On m'emporte. Je pleure et je perds connaissance.

13.

J'ouvre les yeux, étendue sur une civière. Je suis à l'hôpital de campagne, un immense hangar de béton nu où s'alignent des centaines de lits. Mon premier réflexe est de vérifier si mon bras est toujours là. Je le cherche à tâtons, le ventre noué. Je le trouve, je le sens, je le regarde comme si je le voyais pour la première fois. Je suis intacte. Mon soulagement est si intense que je me rendors.

Un chirurgien passe me voir, prend mon pouls, pose une main tiède et rêche sur mon front. Il sourit, me rassure. Je m'en suis tirée. La balle logée dans mon épaule est ressortie sans faire de gros dégâts. Pas de complication en vue. J'ai eu beaucoup de chance. Il s'éloigne alors qu'une infirmière prend le relais pour refaire mon bandage. Elle tire sur les pansements, décolle la croûte de sang séché. La douleur est forte mais supportable. Une fois l'infirmière partie vers d'autres soins, les gars des lits alentour me lancent des clins d'œil.

« Eh frangine, comment ça va ?

– Oh, frangine, tu nous montres tes seins ?

– Bande de cons, gémit un soldat dont je ne vois que la tête emmaillotée de bandages, vous savez qui c'est ? C'est Lenka Iegorovna Chlakova.

– L'Étoile rouge ?

– Ouais, c'est elle. Putain, c'est bien elle !

– Désolé frangine, on t'avait pas reconnue. »

Je repose ma tête sur l'oreiller. Je me réveille en pleine nuit, j'ignore quel jour on est. Tout autour de moi, ça gémit, ça râle, ça souffre. Une belle bande d'éclopés. Certains seront morts avant l'aube. Combien survivront ? Tout cet océan de civières me fiche le bourdon. Pour garder le moral, il faut se tenir éloigné de cette masse agonisante qui nous rappelle que notre vie ne tient qu'à un fil. Je pense à Solokine. C'est un bon officier. Je dois peut-être changer de comportement à son égard, le remercier d'être venu à mon secours. Pourquoi pas l'embrasser ? Les hommes ont besoin qu'on leur donne des gages. Sans lui, je serais aux mains des fascistes, torturée, violée, pendue, ou pire, montrée comme une bête sauvage, la Mort invisible, quelle belle prise ! Vous la voyez ? tremblante, noyée dans sa pisse, elle n'est pas si terrible. Quelle opportunité ce serait pour leur propagande.

C'est étrange tout de même, j'ai eu peur de perdre mon bras, mais pas de mourir. Mourir m'est égal.

Je me remets doucement. Je me suis remise à fumer pour tuer le temps. On m'a apporté un plateau pour que je puisse écrire depuis mon lit. J'ai un abondant courrier en retard.

Je reçois une lettre de mon père. Les mots sont de lui mais pas l'écriture. C'est une écriture ronde et féminine, j'ai appris à les reconnaître. Sans doute une fille du Komsomol local car elle ajoute à la fin de la lettre : *Gloire à toi, Lenka Chlakova ! Gloire à la patrie !* Pas le genre de choses que pourrait dire mon père. Il a combattu, il sait ce que c'est que la gloire : soit se faire fendre le crâne au nom de la patrie, ou bien réduire en miettes celui de l'ennemi ! La voilà la gloire ! Et c'est ce que je fais tous les jours. La lettre décrit notre jardin qui se fane, le vent qui fraîchit, les soirs qui raccourcissent. L'hiver est déjà en chemin dans nos contrées lointaines. Le bois est remisé le long de la maison grâce à l'aide des jeunes du village. Mon père regrette que nous ne soyons plus là pour l'aider. Il dit que maman travaille dur, qu'elle s'occupe l'esprit pour ne pas penser à ses enfants disparus. Il espère que je me porte bien, se sent fier de la renommée que j'ai acquise ici, qu'il conserve précieusement les articles élogieux à mon sujet. Trois médailles, ce n'est pas rien. Tout le village attend de lire mes prochains exploits. *Sois prudente !*

Clouée sur mon lit, je subis des moments d'abattement, je me sens inutile, démoralisée, prisonnière des brumes de ma chanson, brumes ténébreuses et profondes où je me perds. Je n'ai plus plaisir à rien. La nourriture a le goût de fer, l'eau celle de la vase. J'hésite à répondre à mon père pour lui parler de Youliya, de ce que j'ai appris au sujet des camps de prisonniers. Je dois attendre d'en savoir plus avant de nourrir mes parents de faux espoirs.

Je dors par petits sommeils courts et oppressés. Je me réveille en sursaut, transpirante. Ma bouche salive tant qu'on dirait qu'elle cherche à noyer ma langue. Est-ce que c'est de la peur ? Je rêve qu'on me tire par les chevilles, qu'on me traîne dans la poussière, qu'on glisse une corde autour de mon cou.

Pour me distraire, les infirmières m'apportent des romans. J'ai lu *Sister Carrie*, un roman américain de Theodore Dreiser. C'est l'histoire de Caroline, une jeune fille du Wisconsin, qui quitte son petit village pour chercher l'aventure à Chicago où elle rencontre l'amour. Pauvre Carrie, elle m'a émue, car je lui ressemble. Que les rêves du cœur sont aveugles !

J'ai même droit à des séances de cinéma. J'ai vu *L'Incendie de Chicago*, un film américain qui raconte l'ascension d'une famille venue s'installer dans la cité jusqu'au grand incendie de 1871 qui la ravagea. Un mélo distrayant mais sans grand fond. Tyrone Power est bel homme, mais j'ai surtout aimé l'actrice Alice Faye, ses longues anglaises blondes et ses robes soyeuses m'ont rappelé un moment qu'il existe autre chose que des vareuses crasseuses et des cheveux en bataille. J'ai aussi vu le film *Attends-moi*, russe celui-là. C'est l'histoire d'une femme qui attend le retour de son mari qui est au front. Elle ignore s'il est encore en vie et en devient folle. L'actrice Valentina Serova n'a ni la grâce ni la légèreté de l'Américaine. Elle me ressemble, une fille pataude, grave, aux yeux lourds et tristes. Sans doute que les ravages des Fritz sur notre terre nous ont fait perdre notre bonne humeur et notre insouciance. Les Américains, eux, n'ont pas eu à se battre sur leur sol. Leur population est à l'abri alors que la nôtre a été saignée.

Ma blessure à l'épaule me fait encore souffrir après deux semaines d'immobilité, et mon oreille continue de siffler. J'ai tellement hâte de retrouver le front ! Ici, j'ai l'impression d'être un chat qui court après sa queue. Mes pensées sont circulaires. Et comme le chat qui, bien qu'il sache qu'il poursuit sa propre queue, court malgré tout, je m'enferme moi aussi dans le cercle hermétique de mon vague à l'âme.

Solokine me rend visite, il a été promu major et arbore son nouveau grade avec fierté. Je suis autorisée à me lever, je trottine, appuyée contre son épaule, jusque dans la cour. Mes jambes fourmillent et manquent de force, je dois les solliciter pour tenir debout.

« Je vais finir par crever d'ennui.

– Tu dois te reposer. J'ai cru qu'on allait te perdre. Quand je t'ai vue au sol, cernée par les Fritz, j'ai eu la peur de ma vie.

– Je dois te remercier pour ta bravoure. Rien ne t'obligeait à me secourir. Tu as peut-être abandonné d'autres blessés à cause de moi.

– C'est un choix que j'ai fait. Tu ne vas pas m'en vouloir ? »

Je parviens à sourire. Non, je ne regrette pas d'être encore en vie. Je peux être encore utile. J'en ai la conviction. Un peu d'exercice et je serai sur pied, prête à me battre.

« Des nouvelles de ma sœur ?

– Hélas non. L'identification formelle de chaque détenu est un long processus. Chaque récit est vérifié plusieurs fois. »

Je grimace. Je devine que notre police politique s'acharne à débusquer les traîtres, que nos prisonniers sont passés d'une prison allemande à une des nôtres. Je ressens leur détresse. J'espère que ma sœur se porte bien, qu'elle va tenir le coup et prouver sa fidélité à la patrie. Est-ce que ce sera suffisant ? Je ne sais même pas si elle est parmi eux. Des camps comme celui-là, il en existe beaucoup. Mais ça me réconforte d'imaginer qu'elle est vivante, j'en ai besoin. Qu'importe que ce soit vrai ou pas.

« Quand est-ce que je sors ?

– C'est au médecin de répondre. Je n'ai pas de pouvoir de décision ici. Mais si j'étais lui, je te foutrais dehors le plus vite possible. »

On rit aux éclats. Ça fait un bien fou.

Le chirurgien m'ausculte, concentré sur son affaire. Il remue mon bras, le tire, le palpe, plie le coude, le déplie. À chaque mouvement, je grimace de douleur. Attentif, il guette mes réactions.

« C'est mieux, la plaie se referme correctement. Les muscles réagissent. Tu ne sembles pas avoir de lésions profondes.

– Alors je vais pouvoir sortir d'ici ? »

Il repose mon bras, écoute mon cœur à l'aide de son stéthoscope.

« Tu es bien pressée. Ta convalescence sera longue. »

Il regarde mon cendrier qui déborde de mégots avant d'ajouter :

« Ce n'est pas bon pour la santé.

– La guerre non plus c'est pas bon pour la santé, camarade chirurgien.

– On m'avait prévenu que tu pouvais me créer des ennuis. Tu en crées partout où tu passes. Tu dois apprendre la patience, être un exemple pour tes camarades, forcer leur admiration. Pas te comporter comme une fillette capricieuse et insolente.

– Mais tout ce que je veux, c'est retourner me battre !

– Ça attendra. Il te faut du repos. Ce n'est pas ton bras qui m'inquiète, mais ton état général. Déplorable. Tu tires trop sur tes forces. Tu es couverte d'hématomes, de plaies superficielles et mal cicatrisées… Je recommande une convalescence de quelques semaines dans un centre spécialisé. Là, tu pourras te retaper. Et alors seulement, une décision te concernant sera prise. Pas de repos, pas de combat. C'est clair ?

– Très clair, camarade chirurgien. Dis-moi, si j'étais un homme, on ferait tant de chichis ? »

Il m'abandonne aux bons soins d'une infirmière.

La nuit suivante, je me sauve en douce. Je m'habille en silence, je traverse la salle sur la pointe des pieds, mon bras en écharpe. J'intercepte une jeep de l'intendance qui part vers le front. Je parviens à convaincre le chauffeur de me prendre à son bord. Il est ravi. Trimballer l'Étoile rouge dans sa jeep, ça lui fera une bonne histoire à raconter. Je douche son enthousiasme en lui répondant qu'il ferait mieux de garder cette escapade pour lui. Une fois installée à l'arrière, je jette mes bandages et je m'endors.

Salut la compagnie !

14.

Notre offensive s'arrête enfin. Staline a décidé que nous avions atteint les objectifs militaires fixés pour l'été. C'est un succès. Mais à quel prix ? Il est temps de retaper les hommes et le matériel, éreintés par trois mois de lutte intense. On s'installe, on se repose, on reconstitue les unités décimées. Les chiffres de nos pertes sont tenus secrets. C'est qu'elles doivent être colossales. Avant de poursuivre l'offensive, l'état-major veut s'assurer que les Américains entrent eux aussi en Allemagne, que nos troupes ne soient pas les seules à affronter la bête fasciste. Il faut diviser les forces allemandes autant que possible pour s'assurer la victoire.

En attendant que l'offensive reprenne, je pars souvent à la chasse, c'est ce que je sais faire le mieux. L'attente, embusquée et invisible, occupe mes pensées.

J'ai déniché une vieille grange en pierre dans laquelle je m'embusque souvent. J'y arrive avant le lever du soleil. Les Allemands ne sont pas loin, je peux les sentir. Question d'habitude. Je mâche un bout de hareng séché, par petits morceaux, lentement. Mon esprit se vide de toute pensée. J'écoute les battements de mon cœur. Tous mes sens sont en alerte. Je guette les alentours, et surtout l'espace de huit cents mètres qui sépare la grange d'une route encombrée de véhicules abandonnés. C'est la frontière avec l'ennemi. Tout là-bas, au-delà de cette route d'aspect banal, je distingue un village aux maisons de pierres, aux toitures de tuiles avec leurs nombreuses cheminées. Le clocher d'une église, haut et pointu, s'élance par-dessus les toits. Quand le vent souffle de l'ouest, j'entends ses cloches sonner. Ce village est l'objet de tous mes fantasmes. C'est l'antre de la bête fasciste. Le territoire inconnu, sauvage et dangereux. Ce sont les limites de l'enfer d'où ont jailli les armées de la destruction. Là vivent des Allemands. Le commandement nous a informées que les unités composées de femmes n'ont pas l'autorisation de pénétrer en territoire ennemi. Tu parles ! Tous ces kilomètres avalés, ces combats meurtriers, tant de souffrances endurées et on nous empêche de poursuivre ?

Qu'est-ce qu'il y a de si terrible derrière ces murs que des femmes aguerries ne peuvent pas voir ?

Un léger vent de travers agite les herbes, je règle ma lunette en conséquence. Chaque détail compte pour un tir réussi. Mon épaule ne me fait presque plus souffrir. Parfois, mon bras tremble légèrement, comme s'il manquait de force. Mon retour prématuré de l'hôpital a été un succès. En me voyant débarquer, les gars se sont levés et ont crié de joie, coupant l'herbe sous le pied des officiers. J'ai eu droit à une haie d'honneur, des applaudissements. Même Solokine n'a rien dit. Il s'est contenté de sourire en me souhaitant la bienvenue. Il a compris que rien ni personne ne pourrait me retenir loin de mes camarades.

Deux ruches bruissent d'une intense activité. J'observe les abeilles entrer et sortir par les fentes des maisonnettes de bois aux petits toits maintenus par des pierres. Elles sont des centaines à tournoyer, revenir des champs les pattes chargées de pollen.

Je vois remuer des herbes hautes, entre la route et ma position. Deux têtes aux casques piqués de branchages apparaissent. Voilà mes clients. Les deux Fritz avancent courbés, à pas de loup, leur fusil à lunette à la main. Deux tireurs d'élite, silencieux, prudents. Ils s'arrêtent fréquemment, s'allongent, observent. Le premier ajuste ses jumelles, braque les lentilles sur la grange. Je baisse la tête, reste aplatie sous la paille, sur le plancher de l'étage. Le canon de mon fusil, dissimulé par des bandages, ne dépasse pas du petit trou entre deux planches par lequel j'ai choisi de tirer. Je respire à peine, immobile. Je crache doucement le morceau de hareng qui encombre ma bouche. Des mouches, attirées par l'odeur du poisson, bourdonnent autour de la pâte mâchée. L'une d'elles se pose sur la lunette de mon arme, je souffle pour la chasser. Les deux Allemands restent ainsi plus de quinze minutes, cherchant à percer l'obscurité de la grange. Je me demande ce qu'ils vont faire. L'étage est une position de tir idéale. Ils le savent. Enfin, ils se décident à avancer. Ils n'ont pas encore décelé ma présence. Je ferme les yeux un instant. Quand je les rouvre, les Allemands ont progressé de cinquante mètres vers ma grange. Ils ont décidé de s'y embusquer, eux aussi. Les voilà à proximité des ruches, face à ma position, accroupis, cherchant à déterminer s'ils peuvent franchir à découvert l'espace qui les sépare de la bâtisse. J'attends. J'ai l'espoir de les voir emprunter l'étroit sentier qui mène du champ à l'espace dégagé devant la grange. De tous les tireurs d'élite de notre armée, je suis la seule à réussir ce coup. Je repositionne lentement le canon de mon fusil, colle mon œil à la lunette, mon index effleure la détente. C'est comme si je lisais dans leurs pensées. Ils vont se lever et courir, l'un derrière l'autre. Maintenant. Ils bondissent, je tire. Mon projectile file à la vitesse de neuf cents mètres par seconde, traverse les deux Fritz qui s'écroulent comme un seul corps. Je roule sur le côté pour changer de position, un troisième tireur pourrait riposter. Le cœur battant, je reste immobile quelques minutes, puis je prends un autre poste d'observation, à l'autre bout de la grange. Enfin, je me laisse glisser sur le sol par une trappe et je vais identifier mes victimes. Je les trouve allongées dans l'herbe, le visage en sang. Ma balle est entrée par le front du premier type, juste sous le rebord de son casque, a traversé son crâne puis est allée se loger juste au-dessus du cœur du second. La diagonale idéale. L'autre respire encore, un gargouillis rauque et sanguinolent jaillit de sa gorge. Il cligne des yeux, ébloui par le soleil. Ses doigts s'agitent dans l'herbe. Je m'accroupis près de sa tête et lui murmure : « Là où tu vas, dis bien que c'est Lenka Chlakova qui t'envoie. » Sa respiration s'accélère, puis il s'immobilise. Je lui ferme les yeux. Des beaux yeux bleus. Je récupère les plaques d'identification, détache l'écusson brodé sur la manche du plus âgé, un edelweiss, une fleur qui ne pousse que chez eux, très haut dans les montagnes. Peut-être que j'irai en cueillir une moi aussi ?

Alors que le génie répare les ponts, les routes, les voies ferrées, des régiments de troupes fraîches prennent leurs quartiers tout autour de nous. L'automne est là, il pleut presque tous les jours. On patauge de nouveau dans la boue, l'air se charge des odeurs familières de feuilles mortes, de mousses gorgées d'eau et de terre détrempée. Les nuits sont froides, on dort les unes contre les autres, anciennes et nouvelles, reines et crayons, emmitouflées dans nos parkas.

À la mi-octobre, j'entends des officiers parler d'une tentative d'incursion en territoire ennemi. Les chefs ont besoin de savoir à quoi s'attendre. Poussées par la curiosité, Macha et moi, on décide de passer outre les ordres. On se glisse dans le sillage d'une unité d'éclaireurs qui s'apprête à partir. Une cinquantaine de gars silencieux, marchant en deux rangs de chaque côté de la route, dans le fossé. Le ciel est noir, sans lune, idéal pour progresser sans être vu. L'odeur de la pluie est encore présente, les insectes ont disparu, je n'entends plus les grillons et les sauterelles dans les champs.

Aux abords du village, Macha découvre une excellente position d'observation, un muret de grosses pierres humides en bordure d'un jardin planté d'arbres fruitiers aux troncs peints en blanc. Leurs branches presque nues étendent leurs doigts tordus vers le sol comme pour s'y cramponner. D'ici, on peut couvrir la progression des éclaireurs. On s'installe pour observer les environs. Tout est calme. Les maisons sont belles, propres, de solides constructions aux façades peintes et aux toits pentus, parfaitement alignées. Les rues sont pavées, luisantes d'humidité, d'une incroyable propreté. Un immense marronnier occupe le centre d'une petite place égayée de réverbères éteints. Ses fruits et leurs bogues piquantes forment un tas prêt à être ramassé. C'est presque un décor de théâtre. Au loin, je distingue un château, avec ses tours massives, ses nombreuses cheminées et des drapeaux immobiles. Je n'ai jamais rien vu de pareil. Derrière nous, j'entends le grondement de quelques blindés de chez nous qui empruntent la route dans notre direction.

Les éclaireurs ouvrent des portes au hasard, entrent dans les maisons. Macha me demande :

« Putain, qu'est-ce qu'ils font ? »

Je hausse les épaules, prête à faire feu.

« Et nous, qu'est-ce qu'on fait ? insiste Macha.

– J'en sais rien. On attend de voir ce qui se passe. Si des Boches leur tombent dessus, d'ici, on pourra riposter. »

Retenant notre souffle, on patiente. Soudain, on entend des coups de feu. De brefs éclairs blancs illuminent les fenêtres. Ça tire.

« Merde, je ne vois rien, grogne Macha. »

Nos soldats sortent alors des maisons poussant devant eux des Allemands. Des familles. Ils tirent sur les gens qui s'écroulent dans la rue.

« Mais bordel, qu'est-ce qu'ils foutent ? »

Je n'en sais rien. Nos soldats progressent de maison en maison, fracassent les portes, tirent au hasard. Nos tanks nous dépassent sans nous voir, prennent position, s'abritant le long des murs épais. D'autres fantassins font irruption dans le village. Où sont les Fritz ? Plus loin dans les rues, on entend des cris, des hurlements, des coups de feu. Macha se redresse, prête à enjamber le muret.

« Je vais voir ce qu'ils foutent ! »

Je la retiens par le bras.

« Reste ici, c'est la meilleure position pour couvrir nos gars.

– Putain de merde, je m'en fous ! Je veux savoir ce qui se passe !

– Non, tu ne veux pas savoir. »

Elle se fige dans son élan, me dévisage dans l'obscurité. Je distingue à peine ses pupilles qui tremblent de colère. Je ne lâche pas ma prise, main serrée comme un étau.

« Reprends ta position. »

D'autres coups de feu retentissent. D'autres cris. Macha me toise, méprisante, j'en ai mal au ventre.

« C'est un ordre, sergent.

– Très bien, sergent-chef », murmure Macha en se rasseyant.

Elle s'adosse au muret d'un mouvement brusque, garde son fusil coincé entre ses genoux. Sa tête, protégée par son casque de tankiste, cogne à intervalles réguliers contre la pierre.

« Putain, fait chier ! »

Deux heures s'écoulent pendant lesquelles le village est mis à sac. Macha me tourne le dos alors que je reste l'œil collé à ma lunette, cherchant d'éventuels tireurs embusqués.

« Rien à foutre de tes ordres, moi j'y vais. »

Macha enjambe le muret et court vers la maison la plus proche. Je la suis à contrecœur. Elle y pénètre prudemment, celle-ci n'ayant pas été visitée. Je garde mon fusil pointé devant moi et j'entre à mon tour. Macha saute de pièce en pièce. Je reste dans ce qui ressemble à un salon, immense, sa grande cheminée occupant tout le mur du fond, ses beaux meubles, lourds et encaustiqués, scintillent dans la pénombre. Les murs sont décorés de tableaux, de vaisselle. Une horloge égrène les minutes, son balancier allant et venant au rythme d'un cœur qui bat. J'ouvre un tiroir au hasard pendant que Macha trottine à l'étage. J'y trouve du linge de table, nappes, serviettes brodées, de quoi ravir un village entier chez nous. Je remarque une lampe, corolle de verre soufflé montée sur un pied en cuivre. Je tourne le bouton et elle s'allume. C'est une ampoule. Même dans un village reculé, les Allemands ont l'électricité. Je reste debout devant l'objet luxueux, abasourdie, lorsque Macha débarque en traînant ses bottes :

« Y a personne ici.

– Regarde, c'est dingue tout ce qu'ils ont !

– Et t'as pas vu la cuisine ! On devrait piquer un sac et le remplir !

– Et comment on trimballerait tout ça sur notre dos ? »

Macha se laisse tomber sur une chaise.

« T'as raison, c'est pas possible. Putain, dommage ! Ma mère tuerait mon père pour un seul de ces trucs ! »

Soudain, je tends l'oreille. Une plainte étouffée. Puis plus rien. Macha empoigne son fusil. Je l'imite. On quitte la pièce et on s'engage dans le couloir, silencieuses. Derrière une tenture, on trouve une porte. Je l'entrouvre pour découvrir un escalier. Une cave. Macha me fait signe de la tête qu'elle n'est pas descendue. Je décroche une lampe de poche suspendue à un clou sur le mur. Prudentes, on s'engage sur les marches, adossées à la paroi, fusils pointés sur l'obscurité. Au bas de l'escalier, dans le rayon de la lampe, on découvre une famille, femmes, enfants, vieillards. Aucun homme en âge de combattre. Effrayés, ils lèvent les bras et se mettent à pleurer, à supplier. Une femme qui berce un nourrisson dans ses bras m'implore du regard. Comme moi, Macha reste pétrifiée par ce spectacle. Ce sont les premiers civils ennemis qu'on rencontre. Ils n'ont pas l'air agressifs. Je ne vois que des pauvres gens terrifiés. Des vieux, des mères, des enfants, comme chez nous. Je sais que nos ordres sont de tirer, quel que soit l'Allemand qu'on a devant nous. On doit tirer, les tuer, sans réfléchir. Je ne sais pas pourquoi, mais je dis :

« *Gut, gut.* »

Le faisceau de ma lampe passe de visage en visage, et je répète : « *Gut, gut. Nicht Kaputt.* »

Les Allemands se regardent, sans savoir quoi dire ou quoi faire. La femme avec le bébé me dit alors, des larmes plein les yeux :

« *Danke. Vielen danke.* »

Macha pose son index sur sa bouche pour leur intimer le silence et on remonte, secouées par ce qu'on a vu.

« Y a pas de soldats ici. Putain, qu'est-ce qu'on va faire ?

– On ne va rien faire. On ne peut rien faire. S'ils se taisent, ils ont peut-être une chance de s'en tirer. »

Macha m'entraîne vers la cuisine pour y trouver à manger. On dégotte du pain et du fromage, de la confiture en pots. On bâfre comme des bêtes sauvages, on en a jusque sur les joues. Tout est savoureux. Dans nos rangs, on n'a jamais mangé un pain pareil. Puis on entend des bruits de bottes dans le couloir, des objets qu'on fracasse. Un lieutenant fait irruption dans la cuisine, suivi par quelques hommes. Ils renversent la table, les chaises, défoncent les placards à coups de crosse, les vitres aussi. Le saccage dure quelques minutes à peine, vacarme de vaisselle brisée, de meubles démantelés. Macha et moi, on reste médusées, la bouche pleine.

« Qu'est-ce que vous foutez là toutes les deux ? »

Il gueule pour couvrir le chaos que répandent ses hommes. J'avale péniblement une grosse bouchée de pain :

« On patrouille, camarade lieutenant. »

Il rengaine son pistolet et se plante devant nous, furieux.

« Vous vous foutez de moi ? Pas de personnel féminin autorisé pour cette opération. Vous n'êtes pas au courant peut-être ? Les ordres n'entrent pas dans vos foutues caboches de bonnes femmes ? »

Macha me tire par la manche.

« On s'en va, lieutenant. »

Il nous suit dans le couloir, nous couvrant d'insultes. Un vrai cinglé. Soudain, il s'arrête devant la porte de la cave. Il nous hurle :

« Il y a quelqu'un là-dedans ?

– Non, lieutenant.

– Mon cul. Allez voir ! »

Les soldats dévalent aussitôt les marches. J'entends des cris, des coups de feu. Deux gars remontent en tirant une adolescente et sa mère.

« Maintenant barrez-vous les frangines. Vous n'avez rien

à foutre ici. Si je vous revois, je vous fais passer en cour martiale, pigé ? Dégagez ! »

Macha est livide. Elle serre son fusil à s'en faire blanchir les articulations. L'adolescente pleure, hurle, la morve coule à gros bouillons de ses narines. On la regarde passer, tirée par nos gars. La mère est la suivante, traînée sur le sol par les cheveux. Son regard de bête affolée me liquéfie. Où est son bébé ? On dégage en courant pour trouver refuge dans une cabane à outil au fond de la cour. On se bouche les oreilles.

« Je veux m'en aller, Lenka. Je veux m'en aller. »

Je presse sa tête casquée contre ma poitrine, je la console comme je peux.

« C'est rien, Macha, on va s'en sortir. »

Au matin, le calme est revenu dans le village, on quitte notre abri et on file en douce. Je vois des femmes et des fillettes nues ou presque, clouées sur les portes des maisons. Je pousse Macha devant moi. Par chance, elle ne se retourne pas.

Le lendemain, les Allemands reprennent le village. C'est ce même jour où Macha a retrouvé son chien, pendu près de notre abri avec une pancarte autour du cou qui disait : « Ici, on n'aime pas les Fritz. » Son bon regard de corniaud va nous manquer.

15.

Il neige à gros flocons. Le paysage a disparu sous un épais manteau moelleux, de cette neige fraîche qui craque sous les bottes. Bruit enchanteur qui me rappelle la maison.

L'offensive va reprendre, je le sens. C'est comme si l'air se chargeait d'électricité statique. L'immense camp s'agite, les soldats s'ébrouent, sortent de leurs trous. Je suis soulagée, pas tant parce qu'on va de nouveau se battre, j'ai l'habitude, mais plutôt parce que les hommes s'ennuient et que ça les pousse à nous draguer. Ils errent dans le camp à la recherche de filles. J'évite de les provoquer, même si, parfois, je ne peux pas m'en empêcher. J'ai de nombreux soupirants qui viennent rôder autour de notre abri sous n'importe quel prétexte, échanger des objets volés, faire des cadeaux, simplement dans l'espoir d'obtenir mes faveurs. Ceux qui ont trouvé du savon, du parfum, sont les plus hardis. Si j'accepte un de ces cadeaux, je vois vite où le gars veut en venir. Ils n'ont plus aucune patience, plus un geste tendre. Cinq minutes à peine avec moi, même un gars gentil, et il envoie ses mains en balade sous mes vêtements. Pas la moindre conversation, ni attention, ni délicatesse, le flirt n'est plus pour eux qu'un lointain souvenir. Ils veulent de l'immédiat, du corps à corps bestial. Leurs mains sont avides, pétrissent au lieu de caresser. C'est désespérant. Je plains les filles qui n'ont pas, comme moi, une petite célébrité qui me sert de dernier rempart. Je les mets en garde, leur apprend à ne pas circuler seule, quelle qu'en soit la raison. On va faire nos besoins ensemble, chacune surveillant les alentours à tour de rôle. Quand on passe aux douches, on se barricade. Beaucoup de ces gars seront morts dans quelques jours. C'est terrible mais c'est comme ça. Rien n'excuse leur comportement. Le plus à craindre est qu'ils y prennent goût. Ni Macha ni moi n'avons parlé aux autres de ce qu'on a vu dans le village. La sauvagerie de nos camarades nous fait honte. On se cadenasse de l'intérieur.

Les Boches nous assaillent de tous les côtés, nous débordent, nous submergent. Pour protéger leurs terres, ils deviennent sauvages, animés d'une rage meurtrière. Chaque mètre de terrain est âprement disputé. Les longues marches reprennent, on avance de nuit, dans le froid et la neige, masse éteinte qui foule le sol allemand en dormant.

La section est engagée pour porter des munitions aux avant-postes, des caisses de quarante kilos qu'on traîne en rampant sur des centaines de mètres. Les lanières me scient les épaules, réveillent ma blessure. Je tire ces poids sans me plaindre, même si je m'arrête souvent pour reprendre mon souffle. Derrière moi, la caisse s'enfonce dans la neige, y reste collée, refuse de se laisser traîner. Il faut arrondir le dos, extraire la masse de cartouches de cette pâte de neige et de boue mélangées, puis avancer.

Vers minuit, je suis éreintée. Pourtant, il faut y retourner.

Emporter une autre caisse. Le ciel est couvert d'épais nuages. On n'y voit rien. J'ai perdu Macha et Valentina de vue depuis longtemps. On se bat dans une petite ville charmante dont il ne reste que des façades calcinées. La neige se couvre d'une fine pellicule de suie qui la rend grise et collante. Seules les fusées éclairantes des Fritz jettent une lumière crue sur les ruines, éblouissantes, créant un immense théâtre d'ombres, puis meurent en crépitant une fois qu'elles ont touché le sol.

Je livre mon chargement à une poignée de gars terrés derrière un mur percé d'un trou béant. Les rafales de mitrailleuse cisaillent l'espace, impossible de relever la tête. C'est un déluge de feu.

Je dois repartir, chercher une autre caisse. La vie de ces soldats au contact de l'ennemi en dépend.

Alors que j'arrive à la réserve de munitions, j'entends un capitaine prononcer le nom de Solokine. Il est pris au piège dans un cratère d'obus à six cents mètres de notre position, au cœur des défenses allemandes.

Mon cœur s'emballe. Je monte à l'arrière d'un char qui se jette dans la mêlée pour arriver plus vite aux avant-postes. La ville brûle, des pans de mur s'écroulent dans les rues dans des gerbes de brandons qui se fondent avec les flocons. Le tank est touché, je saute avant de griller avec l'équipage.

Je rampe sans aucune visibilité, Solokine est là, quelque part devant moi, dans un trou au milieu de cette avenue. Je dois contourner des amas de briques, de pierres, de poutres incandescentes, tout un fouillis de meubles éventrés. La fumée dense et noire me prend à la gorge. Je noue un foulard sur le bas de mon visage et j'avance, plus déterminée que jamais. L'avantage du combat, c'est qu'on ne pense à rien. Aucune interférence ne vient troubler la concentration. Toutes les fonctions du corps sont dédiées à la lutte, courir, sauter, ramper, tirer, c'est l'instinct de survie qui prend le dessus, il met le reste en veille.

Enfin, je vois le cratère, large, béant, écarquillé comme un œil qui fixe le ciel. Arrivée au bord du vaste cône, je m'y laisse glisser à plat ventre. Les balles ricochent tout autour de moi.

Au fond du trou, je trouve Solokine, mal en point. Son front est couvert de sueur malgré le froid intense, ses yeux creux sont bordés de noir, stigmates des coups de poing que la fatigue inflige. Deux hommes sont avec lui, je comprends que le premier est déjà mort, son regard vide fixe un point dans les ténèbres. L'autre est blessé, dans un sale état, il lui manque les deux jambes. Je ne sais pas où elles sont. Solokine me dévisage, puis il grimace et me dit :

« Qu'est-ce que tu fais là, sergent-chef ?

– Je ne vais pas t'abandonner, imbécile de camarade major.

– Tu devrais t'en aller. On est tous foutus. On va mourir ici.

– Tais-toi. Il paraît qu'on gagne des médailles si on sauve la vie d'un officier. »

Mon trait d'humour lui arrache un sourire. L'autre gars gémit de plus en plus fort. Il pousse de terribles cris jusqu'au bout de son souffle, de longs râles d'agonie à glacer le sang. Je m'approche de lui, je murmure :

« Ferme-la, tu vas nous faire repérer. »

Tout autour de nous, les Allemands peuvent surgir, on est en plein milieu de leur contre-attaque. Le pauvre type poursuit ses râles, je lui donne à boire pour qu'il se taise, ne serait-ce qu'un instant.

« Tu dois le sortir de là, dit calmement Solokine.

– Toi d'abord, lui, il est foutu.

– C'est un ordre. Sors-le de là et reviens me chercher. »

J'hésite, je tergiverse. Il faut bouger, remuer mes muscles, ne pas me laisser envahir par le désespoir. Je passe au-dessus du soldat que j'empoigne par les aisselles. Même privé de ses jambes, il pèse lourd. Mes bottes dérapent dans la boue et la neige, je ne trouve pas d'appui. Mes talons glissent, ne mordent pas la pente détrempée. Je le hisse de quelques centimètres à peine, je m'essouffle pour rien. Je lui murmure à l'oreille : « Ta gueule, putain, ou c'est moi qui te tue. » Voilà que je jure comme Macha. Il gémit de plus belle, s'accroche à la vie. Je l'admire, je ne sais pas quelle serait ma réaction si je n'avais plus mes jambes. Je me tirerais une balle dans la tête. Mais lui refuse de céder. Je cale mes fesses dans la boue, je pousse sur mes cuisses.

« Arrête, me dit Solokine, il est mort. »

Je lâche prise, heureuse de ne pas avoir à poursuivre mon effort. J'ai honte. Je me laisse retomber au fond du trou, je ferme les yeux du soldat. Encore une mère, une de plus, qui va pleurer. Je n'ai pas réussi à sauver son fils. Il reste Solokine.

Je m'approche de lui, déboutonne sa vareuse. Je n'y vois presque rien, mais mes doigts rencontrent une vilaine plaie au thorax. Il perd beaucoup de sang dont la douce chaleur poisseuse réchauffe mes mains.

« C'est à cause de moi que tu es venue. Ce n'est pas ton secteur.

– Je me fous des secteurs et de tout le reste, tu le sais bien. C'est mon tour de veiller sur toi. »

Lorsqu'une fusée éclairante passe au-dessus de nous, on rentre notre tête dans les épaules, même si on sait que l'ennemi ne peut pas nous voir, tout au fond de notre cratère.

« Tu as mal ?

– Un mal de chien.

– On va sortir dès que ça se calmera.

– Tu n'arriveras pas à me tirer d'ici. Je te l'ai dit, c'est foutu. »

Soudain, un Fritz se dresse au bord du trou. Il est tellement surpris de nous voir qu'il glisse et dévale la pente vers moi. Il me tombe dessus, me heurte violemment en criant, sa mitraillette reste coincée entre nos deux corps. On se fige un instant, nez contre nez, abasourdis. Je suis plus rapide pour saisir mon poignard. Je lui plante sous le menton, dans la gorge, j'entends le gargouillement de sa respiration rapide, le claquement des ligaments, des muscles que je cisaille. Il s'écroule sur moi, m'inondant de son sang. Le soldat meurt en quelques secondes. Je reste allongée, la vision troublée par tout ce sang. Ma respiration se calme, mon ventre se gonfle et se dégonfle à un rythme régulier. Je plie les genoux et pousse de toutes mes forces pour écarter le cadavre de ma poitrine. Il bascule dans l'eau.

Solokine me regarde comme s'il me voyait pour la première fois. Je distingue nettement ses pupilles scintiller dans l'obscurité. Il a du mal à respirer. Je me précipite vers lui, prends le foulard roulé au fond de ma poche pour comprimer la plaie. J'appuie de toutes mes forces, putain de merde, voilà que je jure encore comme Macha, ça bouillonne, ça jaillit, pas moyen d'arrêter l'hémorragie. J'appelle au secours, je hurle, personne ne répond, personne ne vient. Je suis seule avec Solokine.

« Pars. Personne ne t'en voudra. Les combattantes comme toi sont précieuses. Tu as fait tout ce que tu pouvais, et cette fois, ce ne sera pas suffisant. »

Il ne va pas la fermer, rien qu'un instant ? J'applique mon foulard roulé en boule sur la plaie, avec mes deux mains, et je comprime encore, je m'acharne. Il tousse, secouant tout son corps. Je n'arrive pas à stopper le flot de sang, je n'y vois rien dans le noir. Solokine se tait. Je comprends qu'il est mort.

Je peux enfin l'embrasser. Avec passion, j'ai senti son sang emplir ma bouche et j'ai continué, un long baiser d'amour. Mes lèvres restent collées aux siennes, encore tièdes, je les réchauffe, je me serre contre lui. J'aime pour la première et sans doute pour la dernière fois, sentiment puissant et déroutant qui me vide de mes dernières forces. Je verse en lui tout mon amour, tout l'amour que je suis capable d'offrir. Il verse en moi son sang, et son dernier souffle de vie. La flamme se consume. Mon cœur me quitte. Enfin, je ne vois plus Solokine comme une énigme, un puzzle, je le vois comme un homme qui vient de mourir.

Puis je panique, il est temps. Je suis seule au milieu du périmètre ennemi. D'autres soldats peuvent me tomber dessus. Je n'aurai pas toujours autant de chance. Je dois retourner vers nos lignes, emporter le corps de Solokine. C'est impossible d'imaginer le laisser là, dans ce cratère plein de cadavres, d'eau et de neige. Je bricole un harnais avec ma ceinture et celle de l'Allemand, que je passe sous les aisselles de Solokine. Je le tire hors du cratère, centimètre par centimètre, à plat ventre pour ne pas attirer l'attention. Dès qu'une fusée éclairante illumine la rue, je m'immobilise, cramponnée au corps qui cherche à glisser sur la pente, à redescendre vers le fond du cratère, qui tente de se dérober. Mes mains et mes bras tremblent, mes muscles se tétanisent. C'est fou ce que les hommes pèsent lourd une fois morts. Dès que l'obscurité revient, je tire sans lâcher un cri. Je dois les ravaler, même si j'ai envie de hurler. J'entends tinter mes médailles à chaque secousse. À quoi peuvent-elles bien servir en ce moment ? Ce n'est plus que de la ferraille. Je le traîne sur deux cents mètres et puis j'abandonne. Je n'ai plus de forces. Mes muscles ne répondent plus, j'ordonne : lève le bras ! tire ! soulève ! sans que rien ne se produise. Mon corps s'est absenté, me laissant là, seule avec ma fatigue et mon chagrin. Je me sens perdue, la gorge nouée d'effroi, les mains glacées et les genoux tremblants.

Je m'étends là, affalée sur le cadavre que je couvre de ma poitrine, de mes bras, je le protège et lui donne un peu de chaleur, le peu qui me reste. Deux Boches émergent de la brume, courent vers moi, j'épaule mon fusil, c'est l'instinct qui parle, qui agit, moi je ne suis pas là. Je tire, deux fois, ils s'écroulent. S'il y en a d'autres, ça doit les faire réfléchir car le silence retombe tout autour de moi. Une fusée éclairante traverse le ciel, révélant un soupirail tout près. Ce n'est pas la force qui compte dans ces moments mais la détermination. Je passe mon fusil en bandoulière et je tire Solokine jusqu'à l'abri de fortune. Je pousse son corps dans l'ouverture et je m'y laisse tomber.

Au matin, des gars du 381e régiment de tirailleurs me trouvent endormie sur un tas de briques, cramponnée au corps du major Solokine.

Ils ont emporté sa dépouille à l'arrière d'un camion. Sans doute l'ont-ils rendue à sa famille. Je n'ai pas pu assister à son enterrement. Je ne sais même pas où il est inhumé.

16.

On fête le réveillon du 6 janvier. C'est notre Noël à nous, les Soviétiques. Les filles ont décoré un sapin avec des rubans et des bougies dans nos quartiers. On nous sert un repas meilleur que l'ordinaire auquel on est habitué. Du pain noir fondant, du poisson et des cornichons de Pologne, du pain d'épice, de la confiture et des pirojki à la viande et au fromage blanc. C'est un régal. Je n'ai pas le souvenir d'avoir autant mangé depuis mon arrivée sur le front. Les filles s'autorisent à boire de la vodka, à rire, elles chantent accompagnées par un accordéon. Macha mange avec ses doigts, enfourne plus de nourriture qu'elle ne peut en contenir, sans prendre le temps de mâcher. Les joues gonflées, ses mains volent vers les plats au hasard, ses doigts sont comme des serres, emprisonnent la bouffe.

Ilya Stanovov est venu me voir pour rédiger un nouvel article. On se bat désormais sur le sol allemand, il y a tant à dire. Son photographe me tire le portrait devant le bel arbre de Noël. Sur ce cliché en clair-obscur, j'ai le regard vague, perdu, absent, les mains jointes sur mon ventre, mes médailles scintillent dans la pénombre. J'ai le ventre plein mais la tête vide. Solokine me manque bien plus que je ne l'aurais imaginé. C'est une brûlure qui s'étend sur tout mon corps.

Je demande à Stanovov qu'on réunisse toutes les filles de la section pour une photo de groupe. Elles sont souriantes, pleines de vie. Elles méritent autant que moi un instant de gloire. Leurs familles seront fières de les découvrir dans le journal de l'armée, et rassurées de les savoir en vie.

L'article paraît deux jours plus tard, alors qu'on s'apprête à reprendre le combat. « Lenka Chlakova entre en Prusse-Orientale, avec un palmarès qui s'élève désormais à 116 fascistes tués. Je la remercie 116 fois pour avoir sauvé des milliers de Soviétiques ! Jeunes recrues et soldats du front, suivez son exemple ! Ne faiblissez pas ! Ensemble, triomphons de l'ennemi ! »

Le magazine *L'Ouvrière* m'a mise aussi sur sa couverture, une peinture qui me représente en guerrière de l'ancien temps, avec un bouclier, une armure et un casque. Ma légende me fait voyager à travers les âges. Tout le pays lit ces articles, c'est devenu un feuilleton. Mon carnet affiche cent seize tirs homologués, c'est vrai, sans compter le nombre de Fritz que j'ai tués sur le champ de bataille au corps à corps. Combien exactement ? Plus de cent trente ou cent quarante, je n'en tiens plus le compte. On se bat tous les jours… Si je continue à ce rythme, d'ici à fin janvier, j'aurai tué à moi seule trois cents ennemis. Ça fait sans doute de moi la plus grande tueuse de sang-froid de cette guerre. Il arrive que ça me donne le vertige, que ça me terrifie.

Ma soif de combattre est intacte. J'essaye de la transmettre aux nouvelles, de les exhorter à faire mieux, à abandonner toute pitié. Elles se méfient de moi. Ma réputation me précède. Les anciennes font courir des rumeurs à mon sujet.

J'ai fait des erreurs, je le confesse, j'ai convaincu des filles de monter en première ligne avec moi et elles ne sont pas rentrées. Oui. Je n'aurais pas dû les y forcer. Ça me dévaste. Des défauts, j'en ai : je suis égoïste, obstinée, solitaire. Mais j'ai aussi des vertus : je suis fière, téméraire, vaillante. Ça ne semble pas compter. J'ai de l'audace et du courage, bien plus que la plupart des soldats qui m'entourent. Je ne vais pas m'excuser. Je suis comme je suis. Je tire ma force des combats, elle grandit à mesure que je lutte. Tout mon être est destiné à ça.

Je reçois des montagnes de courrier, j'y réponds durant les pauses, les moments de repos. J'écris tant de lettres que j'en ai mal au poignet, parfois toute une journée, dans une position inconfortable.

J'écris pour certaines filles, des lettres à leur famille, pour décrire leur vie au front, comment elles se battent, quel est leur état d'esprit. J'évite de nommer les villes et villages qu'on traverse, la censure lit nos courriers et les rature. Elles me demandent de ne pas insister sur nos conditions de vie, préfèrent mentir, ou travestir suffisamment la réalité pour donner l'impression que tout va bien, qu'on est en bonne santé, qu'on est hors de danger. Mentir est devenu une habitude.

J'ai écrit à la mère de Solokine, une longue lettre ou je lui dis combien son fils était brave, quel chef merveilleux il faisait. Elle peut être fière de lui, de son action pour la patrie. Je lui écris qu'il n'a pas souffert, que j'étais à ses côtés jusqu'à son dernier souffle. Elle doit me prendre pour une folle. Je lui joins une photo sur laquelle je pose aux côtés de son fils, je tiens mon fusil et lui des jumelles, on se regarde et on se sourit, détendus. Je garde une copie de cette photo avec celle de ma sœur, désormais craquelée, froissée, cornée et tachée de sang. Je l'ai tant manipulée que le visage est devenu flou, presque déjà effacé.

Et malgré l'immense somme de courriers que je reçois, je n'y trouve pas la lettre qui me mettrait en joie.

J'écris à papa et maman pour leur dire que je suis en bonne santé, que les brumes allemandes ressemblent aux nôtres. Que leurs arbres ressemblent aux nôtres, que leurs maisons sont incroyablement confortables. Je glisse souvent dans l'enveloppe une photo de moi, seule ou avec mes camarades. Je mens en prétendant avoir hâte de rentrer. Je ne parle pas de Solokine, de mon immense chagrin, de mes regrets. J'ai appris depuis longtemps que les regrets ne valent rien. Je ne dis rien non plus des profondeurs dans lesquelles je sombre.

Le lendemain de Noël, je suis convoquée chez le colonel Koliakov. Il neige abondamment, les bruits du camp sont étouffés par l'épais rideau cotonneux. J'ai déjà revêtu ma nouvelle tenue de camouflage blanche qui me donne l'agréable sensation d'être invisible, un être doué de magie.

« Repos sergent-chef et assieds-toi », me dit Koliakov, le visage grave.

Il ouvre une chemise en carton et en tire un feuillet. Agrafée au document, il y a une photo d'identité de ma sœur.

« J'ai beaucoup hésité à te le montrer. Nous l'avons trouvé dans les affaires du major Solokine. J'ignore s'il avait décidé de te le donner. On ne le saura jamais. Voilà. »

Ma main tremble quand je m'empare du feuillet.

« Il s'agit bien de ta sœur, Youliya Iegorovna Chlakova, pilote de bombardier ? »

Je hoche la tête, incapable de prononcer un mot. Je fixe la feuille sans comprendre ce qui y est écrit. Le texte est rédigé en allemand.

« Elle a été fusillée pour une tentative d'évasion le 28 septembre 1944, c'est ce que dit le document. Avec six autres détenues, des pilotes comme elle. La photo provient des archives allemandes du camp, celles qu'ils n'ont pas eu le temps de détruire avant notre arrivée. »

Youliya est amaigrie, les joues creuses, ses yeux noirs enfoncés dans leurs orbites. Ses cheveux sont très courts, coupés sans aucun soin. Ses lèvres portent des traces de coups, une croûte de sang séché. Je dois fixer mon esprit sur autre chose, je repousse le moment où je vais calculer le temps qu'elle a passé entre les mains de ses bourreaux.

« C'est Solokine qui a pris l'initiative de mener cette enquête. Il a pris ce risque pour toi. On ne pourra plus l'en blâmer désormais. Tant mieux parce que c'était un excellent officier. Il va te falloir accepter la vérité, sergent-chef Chlakova. Tu peux être fière de ta sœur. Elle a servi son pays jusqu'au bout. Cependant... »

Il marque une pause, me reprend le document d'un air gêné.

« Cependant, le NKVD ne rendra pas sa mort publique tant qu'une enquête approfondie n'aura pas été diligentée. Tu sais comme ils sont... Les traîtres, toujours les traîtres ! Tant qu'ils n'auront pas la certitude qu'elle n'a pas collaboré avec l'ennemi, cette conversation restera un secret. Compris ? Ta famille ne sera pas informée, et tu garderas le silence. C'est une faveur que je te fais en te communiquant cette information. Parce que je t'aime bien, Chlakova, parce que tu fais partie de mes meilleurs éléments. Ne prends pas mon geste pour de la faiblesse. Je le fais pour toi et pour la mémoire du major Solokine.

– Merci camarade colonel.

– Je suis sincèrement désolé. Va. Sois courageuse. Il faut maintenant tourner la page. Tu honoreras la mémoire de ta sœur lorsque les circonstances le permettront. »

Il range le document dans un dossier et me congédie. Je

me retrouve sous la neige, les flocons dansent au-dessus de ma tête. Tourner la page : en voilà une expression stupide et vide de sens. Cette page, c'est le plus immense drame que l'humanité ait connu. Cette page renferme le nom de mes frères, de ma sœur, de plus de vingt millions de mes compatriotes. Et de combien d'autres ? Cette page, il va bien falloir que je finisse de l'écrire, je ne peux plus reculer.

Et on se remet en marche sur la terre des Boches. La première chose qui nous frappe, c'est la qualité de leurs routes, impeccablement entretenues, sans ornières et déneigées, bordées d'arbres aux troncs peints en blanc.

Ces routes sont encombrées de colonnes de prisonniers de guerre et de travailleurs forcés qui errent entre nos lignes et celles de l'ennemi, cherchant une issue vers leurs patries. Français, Polonais, Tchèques, en haillons et frigorifiés, arpentent la campagne enneigée, semant des cadavres gelés dans les fossés. Ils nous saluent, nous embrassent, crient victoire ! Enfin, ils peuvent rentrer chez eux. On traverse des villages déserts. Les fermes qui nous servent d'abri pour la nuit sont immenses, entourées de murs. Les granges sont pleines de machines agricoles, de fourrage, de bêtes abandonnées. Le plus souvent, on dort dans la paille, à tour de rôle. Les soldats allemands sont partout.

La richesse des villages, leurs maisons où tout est propre et briqué, où le linge amidonné sent bon, nous fascinent. Mon village est fait de cahutes de bois au sol de terre battue. Ici, ils mangent sur des nappes blanches dans de la porcelaine.

On traverse une ville dont j'ai oublié le nom, quelques heures à peine après les combats. On y pénètre par une immense porte médiévale flanquée de tours. Les filles entrent dans les boutiques, volent tout ce qu'elles y trouvent.

On découvre avec ravissement un nombre incroyable de cartes postales, surtout des cartes de vœux, qui n'existent pas chez nous. Elles sont belles et colorées, avec des sapins de Noël, des enfants et des chatons. On s'en remplit les poches. J'en choisis quelques-unes pour pimenter ma nombreuse correspondance, celles qui dépeignent les villes traversées sont mes préférées, avec leurs monuments, leurs zoos, leurs blasons et leurs noms exotiques, imaginant déjà à qui je les enverrai. Voilà où nous sommes ! C'est ça, la maudite Allemagne ! On s'empare du tabac comme monnaie d'échange avec nos camarades.

J'entre avec Macha dans une boulangerie à la devanture de bois ornée de lettres dorées. L'intérieur est une féerie de miroirs, d'étals surchargés d'où s'échappe une divine odeur de farine et de pain. Même les étiquettes sont jolies. On fourre autant de miches qu'on peut dans nos musettes. Toujours la faim qui nous tenaille et l'incertitude du prochain repas.

Les Allemands ont tout, nous on n'a que notre haine et notre profonde incompréhension.

Macha cherche une autre boutique, je la suis. Elle a repéré un magasin d'appareils photo. Dans la rue, on croise quelques civils hébétés qui n'ont pas pu fuir. Ils nous dévisagent avec angoisse. La peur a changé de camp. Je connais son odeur.

Quand on repasse devant la boulangerie, elle est en flammes. Des gars de chez nous mitraillent ce qui subsiste de la devanture, massacrent les miroirs, ivres morts, enragés. Des civils sont tirés de leurs caves, regroupés et abattus sur place. Les flocons recouvrent vite leurs dépouilles.

Des soldats jettent des femmes par la fenêtre d'un immeuble. Leur corps craque, se disloque en touchant le trottoir. Plus loin, deux cents gars débraillés font la queue dans une cage d'escalier jusque depuis la rue, dans tous les étages la colonne serpente jusqu'à une pièce d'où s'échappent des hurlements glaçants. Les Allemandes sont le lot de consolation de nos hommes, le déversoir de leurs frustrations accumulées. Nous, les filles, on n'a que la honte. Je m'approche d'un groupe d'officiers qui observe la scène en fumant, un peu à l'écart. Je reconnais parmi eux le capitaine Stikharev, qui remplace Solokine à la tête du régiment. Il a une carrure et une démarche similaires à celles de son prédécesseur. Chaque fois, je suis prise d'un élan de sympathie, qui retombe dès que je m'aperçois que ce n'est pas Solokine, que ce dos n'est pas le sien. En me voyant arriver, suivie de Macha, il nous dit :

« Vous ne devriez pas rester là, les filles. C'est dangereux, même pour vous.

– Vous ne faites rien pour arrêter ça, camarade capitaine ? »

Il hausse les épaules.

« On ne les tient plus. Ils n'écoutent pas les ordres. Tout ça nous échappe. Le plus sage est de les laisser se défouler. Ensuite, le calme reviendra. Du moins je l'espère... »

Solokine aurait empêché ça, c'est ce que je m'efforce de croire. On est devenu une horde barbare. Les atrocités se multiplient. Des soldats ivres saccagent et pillent, leur violence est sans limite. Il ne s'agit pourtant pas de champ de bataille ni de combats, ce n'est rien que de la rage déchaînée, crachée du plus profond de notre haine.

« Trouvez-vous un abri pour la nuit loin de ce merdier. Ne traînez pas en ville. Personne ne pourra assurer votre sécurité.

– Bien fait pour ces salopes, dit un lieutenant en jetant son mégot dans la neige boueuse. Elles ont ce qu'elles méritent. »

Macha et moi on salue et on s'éloigne pour rejoindre la section.

« Lenka, tout ça te laisse indifférente ?

– Ils n'ont qu'à se venger sur les Allemandes, maintenant, tout m'est égal. Mon cœur est sec. Faisons comme le capitaine l'a dit, trouvons un endroit sûr pour la nuit. Quand ils sont comme ça, il vaut mieux se faire oublier. Et je n'ai aucune envie de tirer sur un gars de chez nous. »

Des viols, on en voit depuis un mois, partout où on passe. Je ne suis pas fière du comportement de mes camarades. Aucune des filles ne l'est. Mais je ne peux rien y faire. Tout ça me dépasse. La complicité des officiers est navrante. Ils n'ont rien d'autre à proposer à leurs troupes harassées que le viol et le pillage... Et si un de ces abrutis venait à me menacer, je n'hésiterais pas à l'abattre. Je confesse que les Allemandes ne me font pas bonne impression. Elles sont trop soignées, trop bien habillées, ça nous fait nous sentir inférieures, nous, les filles russes. Leur beauté est une insulte à notre féminité, aux souffrances qu'on a dû endurer pour parvenir jusqu'ici. La plus jolie d'entre nous ressemble à une fermière mal dégrossie à côté de ces femmes trop belles et trop blondes. Surtout, les plus jolies d'entre nous sont mortes, alors qu'elles, elles sont bien vivantes, en parfaite santé, sans ecchymoses, sans sutures, sans fractures, sans cauchemars. C'est vrai, je ne les aime pas. Combien de leurs frères, de leurs fils, de leurs maris sont venus chez nous piller et massacrer ? Où était la pitié de ces femmes pour notre peuple quand la victoire semblait à leur portée ? Est-ce qu'une seule d'entre elles s'est levée pour dire un mot à la mémoire de nos morts ? Pourtant, Macha a raison. Il ne faut pas brader sa compassion pour une victoire.

Des victoires, on n'en manque plus. Mais de la compassion ?

À la tombée de la nuit, on arrive en vue d'une grande bâtisse à peine visible dans le brouillard. Des corbeaux croassent sur les branches des arbres nus qui bordent la route.

Soudain, une silhouette émerge de la brume. C'est une femme qui pousse un landau, suivie de trois enfants. Elle est très élégante, les petits portent de beaux manteaux avec des cols en fourrure comme je rêvais d'en avoir lorsque j'allais à l'école dans le froid et le vent. En nous voyant, la femme se décompose. Elle fait signe à ses enfants de s'arrêter. Je m'avance vers elle, prête à faire feu. Je sais de quoi cette engeance est capable. Lorsque j'arrive à sa hauteur, la femme s'agenouille dans la neige et me baise la main, puis les bottes. Elle reste ainsi un long moment, immobile, implorante, le front contre le sol gelé. Embarrassée, je la redresse et lui fais comprendre qu'elle ne doit pas prendre la direction de la ville. Macha lui donne une miche de pain qu'elle place dans le landau. La femme nous remercie avec des *danke danke*, et me baise encore une fois les mains. On la regarde aller à travers champs, droite, presque raide, suivie de sa marmaille, jusqu'à être engloutie par le brouillard.

17.

La demeure qu'on investit au bout de la route est un véritable palais. La seule présence humaine qu'on y trouve est un vieillard qui s'est brûlé la cervelle dans son fauteuil, devant la cheminée. Macha et Valentina se chargent de débarrasser la salle du cadavre encore tiède. Les autres décrochent un grand portrait d'Hitler et le jettent au feu. Sur l'ensemble de la section, Valentina, Macha et moi sommes les seules encore en vie. Je connais à peine le prénom des nouvelles. Elles nous suivent à la façon d'animaux de compagnie, elles savent que notre longévité est exceptionnelle, et qu'elle n'est pas due au hasard.

Cette nuit, on décide d'explorer les lieux avant de faire la fête. La demeure est un labyrinthe de pièces toutes plus luxueuses les unes que les autres. Parquets lustrés, rideaux de velours, voilages en dentelle, tapis et lustres de cristal, partout il n'y a que des boiseries qui sentent la cire. Autant de merveilles nous exaltent. J'ai découvert qu'en Allemagne, chaque objet a une fonction décorative en plus de son aspect simplement pratique. Les formes, les courbes, les couleurs et les matières ne sont pas seulement utiles, elles répondent à un idéal esthétique évident et très développé. Une lampe ne sert pas qu'à produire de la lumière, il en va de même d'une brosse à dents ou d'un stylo. Je me demande comment les Allemands peuvent être à la fois si délicats et si monstrueux.

Dans une immense chambre, on ouvre les placards pour y découvrir une garde-robe à faire pâlir une princesse. On quitte nos bottes, nos vareuses sales et nos pantalons, on jette tout pêle-mêle puis on s'habille de robes de soirée, on chausse des escarpins. Macha a enfilé un déshabillé en soie rose et se pavane le cou chargé de sautoirs. Elle a même posé un diadème sur sa tête. C'est la première fois depuis longtemps que je ne la vois pas coiffée de son casque de tankiste. Valentina étale des vêtements d'enfant sur le sol d'une chambre, pour choisir parmi cette profusion ce qui pourrait aller aux siens. Soudain, elle jette tout à travers la pièce, piétine les vestes, les pulls, les robes, tire dans l'armoire et dans les lits. Elle s'est aperçue qu'elle n'a plus aucune idée de la taille de ses gosses. Voilà deux ans qu'elle ne les a pas vus. Au moins, il lui reste ses enfants. Et moi, qu'est-ce qu'il me reste ? Je comprends sa colère. Oui, nous les filles, on est toutes en colère. On peut même dire que nous sommes la Colère.

La salle de bains regorge de savons, shampoings, parfums, crèmes et produits de beauté inconnus. Il y a même l'eau courante et une baignoire. Je prends un bain chaud, j'enfile une robe de satin jaune, suspends des boucles d'oreilles à mes lobes rougis par le froid. Dans le miroir dont j'efface la buée avec le poing, je vois reparaître une femme que je n'ai pas vue depuis longtemps. Je m'observe, de face, de profil, cherchant à deviner l'impression que je ferais à un homme qui entrerait à cet instant. Serait-il capable de ne voir qu'une femme en robe fourreau, ou verrait-il la tueuse à travers ce déguisement ? Je m'asperge de parfum pour faire disparaître l'odeur de mort qui me colle à la peau. Malgré le bain, le savon, les sels, j'ai encore l'impression de sentir cet affreux relent de guerre qui s'incruste jusque dans nos pores. J'arrange mes cheveux, les relève avec des épingles, ça dégage mon cou. La robe est un peu juste, la femme qui la portait devait être moins forte que moi. Je lisse les bourrelets sur mes hanches et me mets en quête de quelque chose à mettre dessous.

Les tiroirs débordent de lingerie si fine qu'on voit à travers, avec des bretelles de dentelle, des culottes au tissu aussi léger que soyeux. On voudrait ne jamais avoir à les retirer.

« Les Allemandes sont toutes des cochonnes », dit Macha.

Ce qui ne l'empêche pas d'enfiler une de ces culottes et de s'admirer dans le miroir, elle aussi.

Une fois que toutes les filles sont vêtues, on redescend à la salle à manger où trône un poêle en faïence si énorme, si monstrueux, qu'il pourrait chauffer chez nous tout un village.

La cuisine est immense et moderne, pleine d'ustensiles et d'appareils électriques dont on ignore la fonction. Le sol est carrelé, brillant, sans une tache. La réserve de nourriture nous ravit, meules de fromage, conserves de légumes, charcuteries, viande, café, pâté en boîte, lait concentré, fruits confits, confitures, tablettes de chocolat, cognac et vins. Même en rêve, on ne s'autorise pas une telle profusion.

Klava, une drôle de fille fluette aux cheveux châtains coupés court, a trouvé une armure qu'elle installe en bout de table. Notre hôte, dit-elle en riant. Puis elle verse par la fente du heaume une rasade de cognac.

Le linge de table est repassé, amidonné et parfumé. On étale une immense nappe éclatante de blancheur sur la table, si blanche qu'elle en est brillante. On y dispose la porcelaine et les couverts en argent, les verres en cristal et les chandeliers. Tout est comme dans un conte de fées. On y transporte tout ce qu'on parvient à porter depuis les cuisines et on dépose tout en vrac sur la table pour le festin. Les filles trébuchent, tortillent des fesses, elles n'ont pas l'habitude d'être perchées sur des escarpins. Chacune s'installe enfin dans de confortables fauteuils recouverts de cuir. On mange et on boit une grande partie de la nuit, salement, mais vêtues comme pour un gala.

« Qu'est-ce qu'ils sont venus foutre chez nous ? demande Macha sans s'adresser à quelqu'un en particulier. Il leur manquait quoi, putain de merde ? Ils ont tout ici.

– Plus qu'on n'en aura jamais », approuve Klava.

Valentina fume un cigare, rêveuse.

« Pourquoi ils sont venus nous tuer, tuer nos maris, nos familles ? Ils ont l'électricité, la radio, le téléphone... Un chauffe-eau dans la cuisine ! Nous, on n'a rien de tout ça. Il leur manquait quoi ?

– Si le vieux ne s'était pas flingué, on aurait pu lui poser la question.

– Ou à la *frau* qui a fait son putain de baisemain à Lenka. »

La tablée rit, puis reste silencieuse, plongée dans des pensées contradictoires. Chacune des filles cherchant une raison à ces années de guerre, de misère, de souffrances, de perte d'êtres chers. Au nom de quoi ? Qu'est-ce qui a bien pu pousser ce peuple évolué, instruit et riche à se lancer dans cette sinistre aventure ? C'est sur ce mystère que le repas se termine, que les bâillements poussent chacune à trouver un lit.

Je me glisse dans des draps frais, à moitié nue. Macha vient s'étendre à côté de moi, comme dans nos abris, se serre contre mon dos et ronfle à peine ses yeux fermés. Je me retourne doucement pour lui caresser les cheveux. Elle est devenue un peu comme ma sœur, ma sœur du front. Puisqu'il y a des épouses du front, on peut bien s'y choisir une sœur. Moi qui pensais la perdre aussi vite que Katia... Non, Macha s'est accrochée à la vie, a enduré toutes les privations avec courage. Elle et ses foutus jurons. Je la regarde dormir. Dehors, il s'est remis à neiger. Ma maison me manque. Mes parents me manquent. Les fêtes, les anniversaires me manquent. Dès que j'ai un moment de répit, ça ne rate jamais, la nostalgie rampe jusqu'à moi et me serre dans ses griffes. À cet instant, mon souhait le plus grand serait de tenir ma mère dans mes bras.

Le lendemain, il faut tout quitter, renfiler nos uniformes crasseux. La moindre fantaisie alourdit nos paquetages. On abandonne nos rêves, nos fanfreluches et notre maquillage dans cette merveilleuse demeure. Adieu escarpins, robes et parfums. On ne va pas à la guerre avec du rouge à lèvres.

Macha s'entête et emporte un manteau de fourrure, roulé dans son sac. Quelques kilomètres de marche plus loin, elle l'abandonne sur un épouvantail. Elle dit : « Il en a plus besoin que moi. » On a bien rigolé.

En route vers le combat suivant à travers la ville saccagée, vers la ville suivante, et la suivante encore, on défile devant des dépouilles de femmes alignées, nues ou presque, sanguinolentes, le visage tuméfié. Tout au bout du trottoir noirci gît une jolie gamine, les jambes écartées, une grenade enfoncée dans le sexe.

Je voulais me battre, c'est la vérité, j'ai choisi de m'engager, mon plus ardent désir était de me rendre utile, de défendre ma patrie. Je suis douée pour le tir. Une des meilleures. Mais ce que nous faisons ici est impardonnable. Cette guerre, c'est une plaie, une plaie béante dans nos âmes pour toujours.

La vie m'est devenue odieuse.

Plus loin, dans une grande avenue où se serrent de hautes maisons bourgeoises aux façades calcinées, des soldats entassent du mobilier à l'arrière de camions. Tout est emporté au pays.

Seuls les officiers peuvent expédier des paquets à leurs familles. Nous, c'est plus compliqué. J'ai appris par les filles qui avaient envoyé un colis chez elles qu'il n'était jamais arrivé. Les employés du service postal de l'armée les ont gardés pour eux... La rumeur prétend que certains généraux remplissent des wagons entiers pour leur seul usage. Radios, ampoules, miroirs, robinets, couverts, vaisselle, piles électriques, linge, meubles et tapisseries, même les poignées de porte, tout est empaqueté et expédié par trains entiers. Après toutes les destructions que nous avons subies, chacun se sert en guise de dédommagement. Le reste est détruit par la rage de nos gars. Quand ils quittent une maison, il n'y reste rien qui ne soit pas réduit en miettes. Face à ces ravages, des officiers interdisent les saccages et placent des sentinelles pour garder leur butin. Chacun veut rapporter son service à café en porcelaine.

Tout ça m'est égal. Qu'ils fassent ce qu'ils veulent. Moi, je ne veux rien conserver des Allemands.

La patrie n'est plus en danger, notre terre est débarrassée des fascistes. J'ai cru que ça apaiserait notre haine, mais non. Elle est intacte et déferle sur l'Allemagne en emportant ce qui reste de notre jeunesse, de notre innocence, de nos illusions et de nos projets d'avenir.

Nous sommes les Wisigoths au saccage de Rome.

18.

Goudkov est mort, je l'ai appris ce matin. Beaucoup de filles ont pleuré. C'est dire qu'il était populaire parmi elles. Il me manquera aussi, ce paysan hâbleur à cheval. Pas tant que Solokine, c'est sûr, qui restera à tout jamais dans mon cœur.

Je ne dois pas rester inactive, c'est essentiel à ma santé mentale. Dès que je m'assieds, des pensées noires me tourmentent. Je suis vidée et à bout de nerfs, exsangue. J'ai envie de mourir, de chagrin ou d'autre chose. Il me reste le combat pour en finir, c'est rassurant d'avoir cette possibilité. Je pleure beaucoup ces derniers jours, pour des tas de choses et surtout pour rien. Une chanson, une lettre, un oiseau. Hier, durant toute la marche, j'ai sangloté. Il a fallu que je m'éloigne. Je ne suis qu'une pauvre fille triste, errant sans but.

Je me répète : un jour de plus, Lenka, un jour de plus. Tout ça finira bien un jour. Il faut tenir un jour de plus.

J'ai reçu une nouvelle lettre d'Andreï. Il ne me parle plus de mariage. Je ne sais pas si ça m'enchante ou m'attriste. Que les hommes se découragent vite ! Il me demande de faire attention à moi, de ne plus prendre de risques. Il prétend que j'en ai assez pris, que je suis célèbre et que ma vie a beaucoup de valeur. Je ne crois pas qu'elle ait plus de valeur que celle d'un autre. Il me cite ensuite Ismène s'adressant à sa sœur Antigone : *Ton cœur s'enflamme pour ce qui glace d'effroi.*

C'est vrai, je suis comme ça. Téméraire, tête brûlée. Même si mes souvenirs de cette pièce sont lointains, j'écris en réponse un autre dialogue entre Antigone et sa sœur, qui me reste de mes études : *Eh bien ! quand la force me manquera, je m'arrêterai.*

J'espère qu'il comprendra. Cher Andreï, je ne sais pas quand je le reverrai. La guerre s'éternise. J'ai l'impression d'avoir passé ma vie entière un fusil à la main.

J'écris aussi à Stanovov : *Venez me voir si vous en avez l'occasion. Les combats ont été rudes, mais je m'en suis sortie saine et sauve. Je commence à envisager ma mort. Je me sentais invincible, toujours à courir vers le danger, mais depuis que Solokine n'est plus là, je me sens abandonnée. Je sais que le bonheur n'existe pas, mais j'ai un moment espéré en recevoir une petite part. Je me ferai peut-être bientôt tuer. S'il vous plaît, écrivez à ma mère. Vous vous demandez pourquoi je me prépare à mourir ? Dans le bataillon où je me trouve, sur 78 soldats, il n'en reste que 6…*

On poursuit les fascistes qui se replient dans la forteresse de Königsberg. Acculés à la mer, ils se battent férocement. Le mauvais temps cloue notre aviation au sol. Notre artillerie tire à l'aveugle dans cet épais rideau de flocons, les rafales de vent glaciales nous ankylosent. Impossible de rester immobile sans geler sur place.

Dans ces conditions extrêmes, l'esprit s'écroule. Je ne suis qu'un délabrement. Je lutte chaque seconde contre l'abattement. Pour dix mètres gagnés, on perd chaque fois cent hommes, terrain qu'on cède à nouveau dans la même journée… C'est de la folie. Et pourtant, même dans l'épuisement, le sommeil se refuse à moi.

Je rentre dans notre abri la tête vide, mais très vite, les idées noires reviennent en vagues successives tabasser mon esprit torturé, frayeurs, craintes de petite fille. La peur me pétrifie, me cloue sur place, je me sens prisonnière de mon corps. Une bile amère m'inonde la bouche comme si ma langue se mettait à suer. Mon oreille siffle ou bourdonne. Je n'ai plus goût à rien. Pourtant, je combattrai jusqu'au bout de mes forces. Rien ne pourra entraver mon action. J'ai conscience d'écrire l'Histoire, du moins une petite part de celle-ci. Mon nom restera peut-être après mon passage, une fois que je serai morte. Des enfants liront mon combat dans leurs livres, le mien parmi les millions d'autres qui ont donné leur vie.

Il fait encore nuit. Je réveille Macha. Sa figure est toute chiffonnée, elle a dormi la tête dans les bras, les plis de sa capote sont imprimés dans la chair de ses joues. Je ne dois pas présenter un meilleur visage. Il fait froid, un froid terrible. On arrime nos raquettes à nos bottes et on sort en silence de notre abri pour rejoindre une section d'éclaireurs, une vingtaine de gars solides, expérimentés. Des survivants comme nous. Je les connais presque tous. Avec eux, pas de mots déplacés, pas de flirt grossier ou de tentative de tripotage. Je combats à leurs côtés depuis six mois et je crois bien qu'ils ne me voient plus comme une femme mais comme un soldat. La clé de la survie, c'est la concentration.

Un jeune lieutenant nous donne nos objectifs, aller reconnaître le terrain de l'autre côté de l'autoroute. J'ai entendu parler de ces larges voies en béton sans en avoir encore jamais vu. Les moteurs de nos chars ronronnent, prêts à partir. On monte à l'arrière de celui de tête, sur le blindage, l'acier est si froid que nos combinaisons blanches s'y collent. La dizaine de tanks démarre et pénètre dans un bois en file indienne. Les chenilles dispersent dans leur sillage des nuages de poudreuse. Quelques flocons virevoltent dans la nuit. La colonne roule au pas, serpente entre les arbres pétrifiés. Des stalactites de glace sont suspendus aux branches, les faisant ployer jusqu'au sol. On roule ainsi trente minutes jusqu'aux abords de l'autoroute et on stoppe à couvert. C'est à nous de jouer. Les tanks et leurs équipages attendront notre rapport avant de s'aventurer plus loin.

La section se laisse glisser au sol et avance prudemment. On gravit une butte jusqu'à surplomber légèrement la route. Je vois enfin la fameuse *autobahn*, quatre voies larges, séparées par un terre-plein central et entièrement couvertes de neige. Macha et moi, on s'allonge et on scrute les abords avec la lunette de nos fusils. Les voies sont encombrées de tout un monceau de carcasses calcinées, déjà presque enfouies sous une fine pellicule de poudreuse. Du matériel militaire, camions, automitrailleuses, mais aussi des charrettes, des voitures à bras, des brouettes, des landaus, encore chargés de tout ce que les civils ont emporté dans leur fuite. On devine aussi beaucoup de corps dispersés sur l'autoroute et sur ses talus à découvert, mitraillés par notre aviation.

Ce qu'ils nous ont fait, on le leur fait en retour.

Rien ne bouge. Il n'y a pas de survivants. S'il y en a eu, ils se sont enfuis depuis longtemps. Rien qu'une mêlée de familles et de soldats unis dans la mort.

Prudente, la section se remet en marche, on dégringole le talus, traverse les quatre voies, aux aguets, dans un silence absolu.

Je m'élance sur la butte d'en face et m'allonge pour

observer ce qui se passe derrière. C'est là que commence l'inconnu. À travers les arbres, j'aperçois au loin une petite ferme dans la lueur de l'aube naissante. Il n'y a ni lumière, ni fumée, rien qui puisse trahir une présence. J'estime sa distance à trois kilomètres. Ça ferait un bon point d'appui pour notre section et nos tanks. Je ne vois aucun blindé, aucune position défensive. Je fais signe aux autres de se redresser et on s'enfonce dans le bois.

Une lueur pâle, aurore blanche, à peine teintée de jaune, fait naître des ombres qui s'étirent sur le relief doux du paysage enneigé. Macha progresse en se faufilant sous les branches en forme d'arches scintillantes. Sa petite taille l'avantage.

Deux silhouettes émergent de la brume devant nous. Deux corps suspendus à une grosse branche. Ce sont deux soldats ennemis, avec une pancarte attachée autour de leur cou, des mots tracés à la peinture noire en allemand. Pas besoin de comprendre leur langue pour imaginer ce qui est écrit. Des déserteurs. Un avertissement pour tous ceux qui refuseraient de combattre.

On arrive aux abords d'un champ. De l'autre côté se dresse la ferme que j'ai aperçue plus tôt.

Soudain, un enfant sort de derrière un tronc et s'avance vers nous.

Tout le monde sursaute.

C'est un gamin au visage sale, aux yeux bleus cernés d'ombres de fatigue. Il porte une veste d'uniforme déchirée, bien trop grande pour lui, et marche en titubant.

Macha lève son fusil, le met en joue. Il s'arrête à quelques mètres de nous. Les gars sourient. C'est drôle de voir un petit Boche, tout seul comme ça.

« Qu'est-ce que tu fous là toi ? demande Bakiev, le chef de la section.

– D'où tu viens ? » renchérit Macha.

Il ne comprend pas un mot de ce qu'on lui dit.

Je lui demande en montrant l'autre extrémité du champ :

« Il y a quelqu'un dans la ferme ? Elle est occupée ? »

Craintif, il se ramasse sur lui-même, croise les mains dans le dos.

Je redemande, toujours en pointant la ferme :

« *Gut ? Nicht gut ?* »

Je ne l'ai pas vu venir. Le gamin sort les mains de son dos, tenant deux grenades bien serrées au creux de ses paumes. Il nous les balance. Je me couche au sol. Deux explosions retentissent aussitôt, ravivant ma vieille douleur à l'oreille. Une pluie de neige et de terre retombe sur moi. Je me redresse, cherche mes camarades. Macha est assise dans la neige, les yeux écarquillés, un cratère noir juste devant elle, hurlant à pleine poitrine. Je me précipite à son secours. Cinq gars au moins sont morts, déchiquetés. D'autres sont encore aplatis sur le sol, les coudes serrés autour de la tête. Macha se palpe tout le corps, ses mains courent de ses bras à ses jambes à son ventre et son visage.

« Putain de merde j'ai rien, putain j'ai rien ! »

Des tirs de mitrailleuse déchirent l'air. Des balles traçantes nous frôlent, je me jette sur Macha. Ça crépite tout autour de nous. Les troncs éclatent, des débris de branches pleuvent. Les gars qui se relèvent sont fauchés par les tirs. La position ennemie se trouve au milieu du champ, un trou, une tranchée, d'où émergent quelques têtes et le canon fumant d'une MG 42. Je récupère mon arme, baisse la tête pour épauler et regarder ce qui se passe. Le gamin est lui aussi fauché par les tirs de son propre camp. Il s'écroule parmi nos hommes. Il sourit.

Je vois soudain passer une roquette antichar ! Le projectile file en sifflant au-dessus de nos têtes, éclate sur un tronc et le sectionne en deux. L'arbre dégringole.

Les gars rampent pour se mettre à l'abri des arbres. Je compte ceux qui restent. Dix à peine. Trois se tordent de douleur en bordure du champ. Aucune chance de les tirer de là pour le moment.

Une seconde roquette explose plus loin dans le bois. Adossé à un tronc, Bakiev me fait signe de rebrousser chemin.

« Pas question, putain, grogne Macha, l'œil collé à sa lunette. C'est que des gamins ! »

C'est vrai, les silhouettes qu'on distingue, dépassant parfois de la tranchée, ont des petites têtes. Leurs casques brinquebalent dessus.

« Des gamins, peut-être, crie Bakiev sans sortir la tête de sa planque, mais avec une MG 42, des grenades et des *panzerfaust* ! On n'a que nos fusils, frangine ! Et le bordel qu'ils foutent va rameuter tous les Boches du secteur ! »

Les rafales de mitrailleuse continuent de hacher les arbres. Reste à savoir de combien de munitions ils disposent. Je rampe pour m'abriter derrière le tronc couché.

« On doit dégager la voie vers la ferme.

– Ce serait plus facile de retourner chercher les tanks ! me répond Bakiev. Ils nettoieront ça en deux secondes.

– Sauf qu'on ne sait pas ce qu'il y a là-bas. Une fois nos tanks à découvert dans le champ, qui sait ce qui leur tombera dessus ? »

On réfléchit un moment. Il ne nous reste plus désormais que neuf gars valides, cinq blessés, plus Macha et moi. C'est peu. Depuis le champ, de courtes rafales continuent de balayer le terrain, au hasard, assez pour nous maintenir couchés.

« Macha, tu restes en couverture. Dès qu'une tête dépasse de ce foutu trou, tu la dégommes. Les autres, on se sépare en deux groupes. On passe à gauche et à droite du champ, en restant à couvert dans les fossés. On les prend en tenaille et on leur tombe dessus. »

Bakiev acquiesce. De toute façon, on manque d'options. Une nouvelle roquette vient ébranler le tronc derrière lequel je suis abritée, projetant des poignées d'échardes. Même si l'ennemi tire mal, il finira par tous nous tuer. Raison de plus pour bouger.

Chaque groupe rampe dans le large sillon qui borde le champ, tête enfoncée dans les épaules. J'entends Macha faire feu à plusieurs reprises. Mon équipe est en position, sur la gauche des Fritz. Je relève prudemment la tête, au loin, j'aperçois Bakiev, prêt lui aussi.

D'un seul mouvement, on se lève et on court en criant vers la tranchée. Les gamins, surpris, paniquent un instant, le temps pour nous de prendre le dessus. Un garçon se redresse avec un fusil, l'instant d'après, il s'écroule, touché d'une balle en pleine tête tirée par Macha. Les projectiles pleuvent, c'est la pagaille. Deux adolescents jaillissent de la tranchée et courent à travers champs vers la ferme. Les tirs de la mitrailleuse cessent. Je vois Macha sortir de sa planque et courir vers nous. Je saute dans la tranchée. C'est tout juste un trou, une poche, un rectangle où les cadavres de quatre gosses s'entassent sur les caisses de munitions et les douilles encore chaudes. Une jeune fille bouge encore, blessée à la tête. Quel âge elle a ? Douze ans ? Quatorze ? En me voyant faire irruption dans son réduit, elle s'ouvre les veines avec une dague. Macha a tout vu, elle plonge dans la fosse, approche son visage de celui de la fille, lui hurle toutes les insultes qu'elle connaît. Alors qu'elle agonise, la respiration haletante, la gamine sourit, elle aussi, son beau visage encadré de deux nattes blondes.

Macha retire son casque d'un geste brusque, se laisse tomber, adossée à la paroi de terre.

« C'est rien que des gosses ! Des putains de gosses qui font la guerre ! Mais merde, quand est-ce qu'ils vont admettre qu'ils ont perdu ?

– Calme-toi.

– Fais chier ! »

Elle se relève, expédie un coup de pied dans la dépouille de la gamine. Macha renifle, fait les cent pas, les mâchoires serrées, en colère, contre tout, contre elle-même surtout.

« Putain mais qu'est-ce qui ne tourne pas rond chez eux ? »

Je hausse les épaules. Si seulement je le savais. Voilà qu'on se bat contre des mômes, des enragés. Ils ne craignent personne. J'ai soudain envie de tout laisser tomber, de rendre mon fusil et de rentrer chez moi. Je m'assieds au bord du trou, incapable de regarder les cadavres des gamins. Au loin, je vois les deux survivants pénétrer dans la cour de la ferme. Si j'abandonne, quel exemple ce serait pour tous les autres ? Les gens comme moi doivent lutter jusqu'au bout, sinon, cette guerre ne finira jamais. Et s'il faut extirper le mal jusque dans le cœur des petits Boches, je le ferai. Ressaisis-toi, Lenka.

Je m'élance à travers champs, sans mes raquettes, la fine couche de neige craque sur la terre gelée. J'entends Macha et Bakiev m'appeler. Je cours à perdre haleine, le froid me brûle les poumons. Encore une ferme, rien qu'une. J'entends les autres courir sur mes talons. Je force l'allure.

Je saute sur un chemin, je poursuis ma course vers la porte cochère ouverte. Fusil épaulé, prête à tirer, j'entre.

Au fond de la cour, je vois un canon antichar braqué sur moi, et autour, tout un détachement de Fritz. J'entends hurler un ordre, puis une puissante détonation, une onde de choc me percute. L'explosion me soulève de terre. Je suis projetée en arrière. Je retombe dans la neige, bras écartés.

Le choc me pétrifie. J'ai la tête qui tourne, mes oreilles bourdonnent. Relève-toi, Lenka.

Une vive douleur, une douleur inconnue, me cloue au sol. J'ai mal. Je ressens l'effroi de la paralysie. J'ordonne à mes bras de prendre un appui et rien ne se passe, j'ordonne à mes jambes de se replier et elles refusent d'obéir. Je vois le ciel et les nuages au-dessus de ma tête. La grisaille d'un matin d'hiver. J'entends mes camarades crier, j'entends de tirs nourris. Ils arrivent. Hébétée, je parviens à me redresser sur les fesses. Je touche mon ventre d'où s'écoule un flot de sang.

Cette fois, c'est mon sang, je grimace. Même si la vie m'est devenue insupportable ces dernières semaines, même si je n'avais plus envie de vivre, au moment de partir pour de bon, on voit les choses autrement. Tout ce sang est le mien. Un horrible gargouillis noir jaillit de mon ventre. J'ai atrocement mal. Je tremble. Un morceau de métal me traverse de part en part. Je retiens mes entrailles d'une main et de l'autre, j'essaye de prendre mon pistolet pour me tirer une balle dans la tête. La crosse me glisse entre les doigts et l'arme tombe. Je n'ai pas la force de la ramasser, la douleur est trop grande. J'ai été aussi loin qu'on peut aller à vingt ans, j'ai perdu toute joie, tout espoir, toute envie de vivre. Je ne connais pas l'amour. Il ne me reste rien, même mon sang s'écoule hors de mon corps, il me fuit, s'en va se reposer. J'ai mal.

Je vais mourir, et c'est peut-être mieux comme ça. Comment aurais-je vécu après la guerre ? Moi, qui ai tué tant de monde.

Mes forces m'abandonnent, Je pleure, c'est un grand soulagement. Je pense à ma sœur, à mes frères, à maman et papa qui seront bientôt sans enfants. J'appelle maman, de toutes les maigres forces qu'il me reste, je crie son nom. Je l'implore de me répondre. J'ai tant besoin d'elle. Et tant de choses à lui dire. Il faudra que d'autres s'en chargent. Les flocons emportent au loin les souvenirs de mes exploits et les éparpillent.

Je crois que je vais m'étendre un peu, le temps de reprendre mon souffle.

Ce roman prend sa source dans le journal de Roza Chanina, héroïne de l'Union soviétique, très gentiment traduit du russe par Yulia Tikhomirova et Olga Patrakova sous la bienveillante supervision de Barbara Pueyo. Je les en remercie chaleureusement.

Je dois citer les excellents recueils de témoignages, *La guerre n'a pas un visage de femme*, de Svetlana Alexievitch, et *Les Combattantes*, de Liouba Vinogradova, sans lesquels il aurait été difficile de comprendre l'état d'esprit de toutes ces femmes qui ont combattu dans la Grande Guerre patriotique.

Je tiens enfin à remercier Jack Chaboud, qui accompagne mon travail depuis le tout premier roman.

F.F.

DU MÊME AUTEUR

Le Huitième Continent, Plon, 2012.
Une saison de granit, Plon, 2015.
Déjà, l'air fraîchit, Plon, 2020.
Les Vagabondes, Buchet/Chastel, 2025.

Cet ouvrage
a été mis en pages par In Folio,
et achevé d'imprimer en février 2025
dans les ateliers de
Normandie Roto Impression s.a.s.
61250 Lonrai
N° d'imprimeur : 2405045

Imprimé en France

Dépôt légal : mars 2025